W0283494

*Bontempelli    Die Berührung*

*Aus dem Französischen von*

*Christiane Landgrebe*

# Bruno Bontempelli
# Die Berührung

*Roman*

editionLübbe

editionLübbe
in der Verlagsgruppe Lübbe

Für die Originalausgabe:
Copyright © 2002 by Éditions Grasset & Fasquelle
Titel der Originalausgabe: L'ATTOUCHEMENT

Für die deutschsprachige Ausgabe:
Copyright © 2005 by Verlagsgruppe Lübbe GmbH & Co. KG,
Bergisch Gladbach
Aus dem Französischen von Christiane Landgrebe

Satz: Kremerdruck GmbH, Lindlar
Gesetzt aus der DTL Documenta
Druck und Einband: Friedrich Pustet, Regensburg

Alle Rechte, auch die der fotomechanischen
und elektronischen Wiedergabe, vorbehalten

Printed in Germany
ISBN 3-7857-1564-1

Sie finden die Verlagsgruppe Lübbe
im Internet unter www.luebbe.de

5 4 3 2 1

*Ufer, an denen wir durch Freuden*

*geformt worden waren*

IBN ZAYDUN

## *Präambel*

Die spanischen Muslime besaßen die Iberische Halbinsel bis zum Jahr 1000. Sie gründeten ein Kalifat, und ihre Kultur gelangte im Europa des Mittelalters zu hoher Blüte. Von den christlichen Armeen von Kastilien und Aragon, welche die Reconquista durchführten, wurden sie im Lauf der Jahre zurückgedrängt. Ihr Territorium beschränkte sich fortan auf das Königreich Granada, das die Kultur und die verfeinerte Lebensweise des arabischen Andalusiens bewahrt hatte.

In der zweiten Hälfte des 15. Jahrhunderts, in der diese Geschichte spielt, ist dem Sultan von Granada wohl bewusst, wie wertvoll und zerbrechlich sein Erbe ist.

# KAPITEL 1

## *Am zwölften Tag des Muharram**

Noch nie hatte Esra einen so jungen Körper ausgewählt. Hätten sich nicht unter der Decke zwei spitze Brüste abgezeichnet, hätte man geglaubt, es handele sich noch um ein Kind. Eine Frucht, die noch grün war. Von jener Art, die weniger für den Gaumen als für Finger und Zähne gedacht ist.

Ich preise den Allmächtigen, dass er mir wieder Hunger schenkt. Nach einer Nacht in den Armen von Hafsa und der damaszenischen Tänzerin, gesättigt von ihren starken Gerüchen und ihrer Liebeskunst, hätte ich in jedem anderen Körper nichts anderes als Unschuld und Reizlosigkeit sehen können, doch ich habe diesen jugendlichen Körper gewürdigt. Ich kniete nahe bei ihrem Kopf, denn heute sollte ich mich dort betätigen. Esra hatte es mir gesagt, nach einer jener Verbeugungen, die er manchmal gar nicht bemerkt …

* Erster Monat des arabischen Mondkalenders

Dabei muss er darauf achten, sie zu vermeiden; bei ihm bin ich nur ein unbekannter Schüler. Ich habe ihn in den Nebengebäuden untergebracht, denn hier kann ich ein Niemand sein. In einem Haus der königlichen Medina, die ich durch die Gärten erreiche. Sabir, mein Mameluck, bleibt am Tor stehen; ich betrete den Hof allein, dann das Gemach, in dem die Frau schon auf dem schmalen Lager liegt. Oft wendet sie den Kopf und hält Ausschau, wer gerade kommt und wie er empfangen wird. Zu viel Aufmerksamkeit würde mich verraten. Gott sei Dank lag das Mädchen dort heute reglos da, als wolle sie mich nicht sehen.

Ich hatte mich auf dem Teppich in der Mitte des Zimmers niedergelassen. In der Stille, die nur vom Summen der Fliegen und einem leichten Wind in den Zypressen unterbrochen wurde, betrachtete ich das Mädchen. Nur die geschwärzten Lider und der Duft nach Amber waren künstlich an ihr – vermutlich zu dem Zweck, sie älter wirken zu lassen. Ihr weiches Haar lag auf meinen Knien. Ich genoss schon jetzt das tiefschwarze Bad, das meine Finger darin nehmen würden.

Esra saß im Schneidersitz, mit dem Rücken zur Wand. Wer sein narbiges Gesicht, seinen mickrigen Bart und seine braunen Zähne gesehen hat, erwartet keine so schönen Hände. Seine Hände sind aus poliertem Alabaster, männliche Tiere mit weiblicher Anmut wie Pferde und Hirsche. Mit dem Kopf gab er mir das Zeichen zu beginnen. Ich legte meine Finger an ihre Schläfen und kostete zunächst deren seidige Wärme.

In jenem Gemach habe ich wieder die Erregung gespürt. Ich hatte vorher so viele Frauen berührt, dass meine Hände nichts mehr empfanden. Ich hatte mich mit dieser Abnutzung abgefunden, glaubte, sie sei ganz natürlich und man könne nichts dagegen tun; und nun war in meinen Handflächen durch die Gnade dieses Juden wieder die Pracht des Lebens erwacht; ich hatte die Maschine Gottes wieder gefunden, die den Himmel, die Flut, den Sesam und die Rose enthält, den aufgegangenen Teig, der die Wärme und das Brausen des Ofens in sich bewahrt hat.

Ich wünsche Esra, der meine ermüdeten Sinne wiedererweckt hat, Glück und Segen. Möge ihn der Allerhöchste vor Unglück bewahren. Er hat mir die Schuppen von den Augen genommen, hat dem Fleisch, das ich weder begehrte noch liebte, seinen Wert zurückgegeben. Ich verstand nicht mehr, damit umzugehen, konnte ihr Salz und ihren Saft nicht mehr schmecken; kaum habe ich noch gern den einen Körper mit dem anderen verglichen.

In seiner ersten Unterrichtsstunde hat der Jude mich durch Abstinenz gereinigt. Ich war es gewohnt, mir alles zu nehmen, es zu kneten und mich bis aufs Heftigste hineinzubegeben, jetzt musste ich zur Quintessenz der Berührung kommen: der Berührung mit den Augen. Ich durfte mich ihr auf keine andere Weise nähern, musste vor einem unbekleideten weiblichen Wesen verharren, das da lag, nur mit einem leichten Tuch bedeckt, und durfte sie nur mit meinem Blick erkunden, der sich nun statt meiner Hand an ihre Formen schmiegte. Ich dachte, das sei eine leichte Übung, überzeugt, ich könnte die feinsten Erhebungen erraten oder spüren. Aber ich begriff, dass ich an vielen Stellen blind war: Ich hatte die richtige Form nicht erkannt; ich hatte das Gespür in Handfläche und Fingern verloren, ich wusste nicht einmal mehr, dass ich es besessen hatte.

In den kommenden Stunden galt weiter die Abstinenz, während Esra mir die geheime Geografie des Körpers beibrachte, wobei er nicht auf Gesten verzichtete. Seine Methode war gut: Er hat meine Sinne gereinigt und geschärft, und die Frauen waren für mich immer neu und verlockend. Als er mir endlich die eigentliche Berührung beibrachte, war ich feurig und frisch wie ein Jüngling.

In der Nähe des jungen Mädchens machte ich bald eine schlimme Entdeckung: Sie hatte Angst. Das Blut pochte ihr in den Adern an der Schläfe, und die Unruhe in ihrem Bauch ließ beim Atmen die Decke erzittern, die über ihr lag.

Ich glaube, sie wusste oder hatte erraten, wer sich über sie beugte. Ich wandte mich mit einem fragenden Blick an Esra. Verstand er mich? Er schloss die Lider, und ich las daraus: »Hab keine Angst.« Dann sagte er, als ich vor ihrem Beben immer noch zögerte, mit einem Lächeln: »Du weißt doch, hoch geschätzter Schüler, dass die schwierigsten Pferde die besten Reiter hervorbringen.«

Ich hätte lieber einen launischen Hengst gehabt als diese Wachtel, deren Augen fest geschlossen waren. Als ich dann aber an die christlichen Könige dachte, die angeblich die Skrofeln heilen können, begann ich, im Auflegen meiner Hand eine fromme Geste zu sehen, und machte es mir zur Aufgabe, die Angst aus dieser jungen unschuldigen Seele zu vertreiben.

Ich sah zu, wie ihr Bauch atmete, um mich seiner Geschwindigkeit anzupassen. Dann strich ich über ihre Wangenknochen. Keinerlei Schweiß. Ich fühlte reinste Zartheit, wie von Mehl – mit drei schwarzen Schönheitsflecken für zarte Küsse. Zu was für einem Gesicht passte eine so glatte Haut?

Es befand sich gleich unter mir, bot sich meinem Blick dar. Ein rundes begrenztes Land, in dem man sich gern ausgeruht hätte. Die kholgeschwärzten Augenlider ließen durch die Anstrengung, geschlossen zu bleiben, den Fächer der Wimpern erbeben. Das Auge bewegte sich in seinem Nest hin und her. Ich sah seine plötzlichen Regungen wie Gedankensprünge. Das liegende Gras ihrer Wimpern war lang, geordnet, glänzend und an den Enden dichter. Das Lid zwischen ihnen war von einer feinen Haut, die an die von Orangen erinnerte. Alle übrige Haut war glatt und außer am Saum, wo die Haare begannen, ohne Flaum. Doch wie kalt sind diese Worte, um zu beschreiben, was ich aus solcher Nähe sah! Die Sahne, die salzige Kruste der Haut, die gepuderte Süße …

Ich genoss es, ahnte aber, dass mich Esra mit kritischen Blicken bedachte. Ich weiß nämlich, dass er von dieser Art Genuss nichts hält. Zwar hat er sich als gelehrsamer Meister geschickt der Lockmittel bedient (immerhin hat er von Anfang an Frauen nach meinem Geschmack ausgewählt), doch er hält es für Schwäche, dass ich bis heute von ihrer Schönheit abhängig bin. Seiner Meinung nach schaden körperliche Reize der Disziplin. Was allein zählt, ist die Suche nach Wissen; nur aus dieser Quelle dürfen Gefühle und Gedanken entstehen. Er geht davon aus, dass es keine große Kunst ohne Erhebung zum Höheren gibt und dass man Leidenschaft nur dann entfachen kann, wenn man selbst von ihr beherrscht wird. Deshalb will er mich dazu bringen, mich vom Instrument zu lösen, um ihm die schönsten Gesänge zu entlocken.

Ohne mich um seine Vorbehalte zu kümmern, drang ich voller Lust mit den Händen in das weiche Haar ein. (Solche Haare findet man nur selten. Selbst die zartesten sind voller Kraft. Keine meiner Frauen besitzt solches Haar, außer Shams. Aber Shams' Haar ist blond, ihr fehlt das Geheimnis des Dunklen.) Ich flüchtete mich unter den Flügel eines Vogels. Und dieser warme Unterschlupf nahm mich auf, umgab mich, öffnete mir, so sicher wie sich Beine öffnen, seine Gerüche und seine Feuchtigkeit. Es gibt keinen besseren Ort, um das Gefühl zu haben, innerhalb einer Frau zu sein, in ihren Algen, ihrem Schlamm, in diesem Knäuel von Fäden, aus denen sie bestehen. Ein Ort ohne Scham, den sie kaum zeigen und nur auf dem Bett darbieten. Blumen des Rückens, nach dem, was Esra sagt, Sitz von Kraft, Willen und Liebe. Dieses Geflecht umschließt uns, umwölbt und berauscht den, der sich hineinbegibt, mit seinem duftenden Verlangen.

Dann berührten meine Hände voll Dankbarkeit die Haut. Sie bewegten sich darauf, während das schwarze Gras sich sanft und lockig um die Finger legte. Eine Haut wie die, die den runden Kiesel des Schädels bekleidet, gibt es nirgendwo sonst. Sie ist geheimnisvoll, von anderer Art und scheint nackter zu sein als die übrige. Sie zu berühren heißt, die Schamlosigkeit dieser Vereinigung mehr zu genießen. Die Haare raschelten, ihnen entströmte feiner Duft. Sie schlangen sich immer weiter um meine Hände, nahmen sie gefangen, um noch weiter erkundet zu werden. Ich glaubte, darin die Furcht zu spüren, dass ich mich zurückziehen könnte. Feuchtigkeit stieg von ihnen auf, hier rochen sie stärker nach Pfeffer. Ich bewegte mich weiter darin, war im dichten Unterholz, in den dunklen und warmen Unterkünften, in denen die Frauen schlafen. Ich kroch durch Moos und Fell, zwischen Saft und Schweiß, durch Garben und Mähnen.

Meine Reise führte mich bis zum Nacken, ein anderer animalischer Ort. Hier ist noch Ähnlichkeit mit dem Pferdehals zu spüren. Hier schmeichelt man, hier fasst man zu, hier ergreift man Besitz. Deshalb beißen die Hengste hinein, wenn sie eine Stute bespringen – und ich tue dies selbst gern, wenn meine Zähne während der Vereinigung dorthin gelangen. Ich weiß nicht, warum Beißen an dieser Stelle so angenehm ist, wo doch hier die Haut nicht am glattesten ist und sich weder durch Zartheit noch durch Weichheit auszeichnet. Esra hat mir darüber nichts gesagt. Allerdings schätzt er den Nacken sehr und berührt ihn oft, wenn er einen Körper abtastet, um ihn zu heilen.

Selbst wenn meine Art der Berührung noch sehr unvollkommen ist, dieser Nacken hätte darauf reagieren, zumindest erzittern oder mir ein Zeichen geben müssen. Aber das Mädchen war einfach zu jung. Sie zeigte mehr Unterwerfung als Hingabe, war eher geduldig als hingebungsvoll und schien in Reglosigkeit zu verharren. Anstatt sich zu erregen, ließ sie alles geschehen und gewöhnte sich daran.

Nach langer vergeblicher Arbeit war ich nicht mehr bei der Sache. Ich wollte schon aufgeben, betrachtete ihre Brüste, deren Form sich genau unter dem leichten Tuch abzeichnete, und den Bauch, der sich nun ruhig auf- und abbewegte. Ich brannte darauf, ihn mit der Hand zu berühren, mich nach unten zu bewegen, um eine Flamme zu entzünden, die sich weiter oben weigerte.

»Hör auf«, sagte Esra leise.

Ich sah seinen Augen an, dass er meine Absicht erraten hatte und es bedauerte, dieses junge Geschöpf ausgewählt zu haben. Er stand auf und kam näher.

»Darf ich an deinen Platz?«

Sicher wollte er mir zeigen, dass die Aufgabe nicht unlösbar war. Ich trat zur Seite, blieb aber in seiner Nähe. Ich überließ ihm meinen Platz nur ungern, bevor ich mein Vergnügen gehabt hatte. Inzwischen passiert es nur noch selten, dass er mich auf diese Weise ersetzt, doch damals war ich neugierig zu sehen, wie er es versuchte, und wünschte, dass auch er scheitern würde.

Er begab sich langsam auf die Knie und schob dann seine Hände unter ihren Nacken. Und sogleich beherrschte er ihn, mit der Sicherheit einer Hebamme im Umgang mit Neugeborenen. Er berührte ihn mit einer so intensiven Bewegung, dass man spürte, wie er mit seinen Kräften in dieses Terrain eindrang. »Die Lust entsteht an allen Punkten der Haut. Wo der Körper leiden kann, da kann er auch genießen, mit dem gleichen Feuer.« Also sprach Esra.

Ich gebe zu, dass ich nur mit einem Ohr auf das hörte, was er mir während seiner Berührung sagte. Das Mädchen wirkte anziehend auf mich. Sie hatte die Augen immer noch geschlossen. Unter der Schminke konnte man sehen, wie jung sie war. Ein unfertiges Gesicht, das sich noch entwickelte. Ich stellte mir vor, wie es reifer werden würde. In Gedanken nahm es eine andere Form an. Mein Geist war ein Meister der Illusion. Ich sah, wie die Nase schmaler, die Wangen hohler wurden und die Wangenknochen weiter hervortraten. Die Haut färbte sich; der Mund wurde zarter und lernte sich zu bewegen. Eine andere Ordnung machte dieses Gesicht edler. Es neigte sich zum Himmel, als wollte es wohlschmeckenden Regen trinken …

In Wirklichkeit erlebte ich ein Wunder. Was ich zu träumen glaubte, geschah vor meinen Augen: Das Mädchen wurde zur Frau. Nicht nur dass ihre veränderten Züge sie

so aussehen ließen, ihre erwachten Sinne schienen jetzt alles zu wissen.
Sie öffnete ihre Lippen. Musste sie heftiger atmen? Oder gab sie sich ganz und gar hin? Ich sah diesen reglosen Mund und seine feuchte Rosigkeit und versuchte zu erraten, ob ihrem Herzen eine Regung entschlüpfte.
Nichts bewegte sich. Aber es gab keinen Zweifel: Wie bei der Eidechse, die sich der Sonne darbietet, war ihre Starrheit die der Ekstase.

## KAPITEL 2

### *Am vierzehnten Tag des Muharram*

Durch das brennende Sonnenlicht verspürte ich das Verlangen, in die Gärten hinaufzugehen. Ich ließ die Gartenresidenz öffnen und die Zimmer vorbereiten. Und gestern, nachdem die größte Hitze des Tages vorbei war, zog ich mit meinem Gefolge dorthin.

Ich ging zu Fuß und führte die Schar an. Ich nahm sechs meiner Frauen mit, die mir auf dem Rücken von Maultieren folgten, geschützt von großen Schirmen, welche Diener trugen. Die Frauen waren in bester Stimmung und lachten viel. Sie trugen Tuniken in leuchtenden Farben mit breiten Borten, hatten sich geschmückt, geschminkt, parfümiert und einen Wagen mitgenommen, den drei weitere Maultiere kaum ziehen konnten. Keine Berater und Höflinge; ich hatte nur sie zur Begleitung und dazu außer Sabir noch zehn Wächter.

Der Himmel war gelb. Als wir hinter dem Eisernen Tor und der Brücke am Ende des Tals an den Mauern entlangzogen, scheuchten wir Taubenschwärme auf, die in den Mandel-

bäumen hockten. Es war warm, um mich herum und unter meinen Schritten herrschte ein Frieden, der sich im Murmeln der kleinen Bäche badete. Die Rosen des Gartens waren zwischen Myrten und Baumwolle voll erblüht; auch die Obstgärten zeigten ihre Blütenpracht.
Oben wartete ich am Abend vor der Saad-Galerie an dem langen Becken, dessen Wasser nach Veilchen riecht. Auf den vielen Teppichen und Kissen lagen meine Frauen und tranken Quittensaft und Mandelmilch. Später gaben sie mir Gurken, gebratene Täubchen, in Honig gerollte und in meinem nach Himbeeren schmeckenden Wein getränkte Pfannkuchen zu essen. An mir lehnten ein Kopf, eine Brust, eine Hand mit Ringen und Armreifen. Die Aromen vermischten sich miteinander. Jalwa massierte mir sanft die Füße, und langsam stieg die Nacht hernieder, begleitet vom Gesang der Vögel.
Als es dunkel wurde, zündete man die Leuchter an und entfachte Feuer in einem Ofen, in den die Frauen Sandelholz, Weihrauch und Myrrhe gelegt hatten. Sie fingen den duftenden Rauch ein, um selbst danach zu duften, indem sie über ihren Kopf ein Leintuch hielten. Trotz dieser rauchgeschwängerten Luft erkannte ich den Geruch einer jeden an den Achseln und am Hals.
Im Schutz der Dunkelheit suchten sich die Körper. Reiben und Klickern, dann heimliches Annähern. Die warmen

Körper, die sich immer weiter entblößt hatten, boten meinen Lippen immer mehr Schenkel und Brüste dar, während Münder und Hände sich meiner bemächtigten. Es herrschte feierliches Schweigen, begleitet vom Knistern der Glut und unseren feuchten Geräuschen, wie beim nächtlichen Festmahl der Panther.

## *Am siebenundzwanzigsten Tag des Muharram*

Al-Qabra ist gefallen.

Sein Feldzug hat nur vierzig Tage gedauert.
Mitten im Monat Zulhidsche näherte sich in Gewaltmärschen eine christliche Armee von dreitausendfünfhundert Mann, überquerte die Berge, fernab den Blicken der Turmwächter, und erreichte im Morgengrauen des dritten Tages die Mauern, wo sie fünf Lager errichtete. So erfuhren die Bewohner beim Aufwachen von der Belagerung ihrer Stadt. Ich wohnte in der Villa Zahal, als mir von Al-Qabras Missgeschick berichtet wurde. Zur selben Zeit erfuhr ich, dass Raddân, ohne meine Befehle abzuwarten, Maßnahmen zu seiner Hilfe ergriffen hatte. Ich ließ den Wesir wissen, dass er meine Unterstützung habe und ich Gott um Erbarmen anflehe.

Am dreiundzwanzigsten des Monats setzte sich unsere Truppe in Bewegung. Sie bestand aus siebenhundert Reitern und fünfhundert Fußsoldaten. Sie hatte vor, die Belagerer bis zur Erschöpfung aufzureiben. Sie hätte es schaffen können. Aber auf halbem Weg wurde sie von einer starken feindlichen Front aufgehalten, die sie Mann für Mann bekämpfte und auseinander trieb. Die Kräfte, die gegen uns kämpften, wussten um die Bedeutung des Riegels von Al-Qabra, und ihr Aufwand war entsprechend hoch.

Ich beschloss die Kampfhandlungen aufzugeben und mich für Friedensgespräche einzusetzen, ich hoffte dabei auf den Widerstand der Stadt und ihrer Garnison.

Unter der Führung des Kaid al-Numdhir kam es zum Widerstand, doch man zählte vor allem auf Hilfskräfte. Als vor den Mauern die Köpfe unserer Reiter aufgespießt auf Lanzen sichtbar wurden, waren wir zuerst völlig ratlos. Dann beschlossen wir, dennoch zur Offensive überzugehen.

Am fünften Tag des Muharram wagten wir den Ausbruch. Hundert Reiter griffen die Belagerer an, gefolgt von einer Flut Einwohner, verstärkt durch ein Korps von zweihundert Soldaten. Keiner der Unsrigen kam durch oder kehrte zurück. Und die Sieger ließen die Leichen am Fuß der Mauer trocknen und ihr Blut braun werden.

Ich wandte mich an Umar al-Dâya, der in Qurtuba* als Gesandter weilte. Unablässig machte er mir Vorschläge; unablässig erhöhte ich mein Angebot für einen Rückzug der Truppe und einen Waffenstillstand.

Der Feind bleibt taub. Am zehnten Tag des Muharram, dem Tag der Aschura, befahl er den Generalangriff. Es gab heftige Kämpfe auf den Mauern, und die Belagerer hätten beinahe gesiegt, bis zu dem Augenblick, in dem die Unseren mit Tausenden von Fackeln die draußen errichteten Angriffstürme in Brand steckten.

Al-Dâya erreichte nichts, und ich dachte schon daran, wieder zu den Waffen zu greifen. Doch die Christen waren schneller als ich. Am neunzehnten gelang es einer Hand voll von ihnen, einen Eckturm zu erobern. Sie öffneten das Tor, und die Armee strömte in die Stadt.

Diese handelte schnell die Kapitulationsbedingungen aus. Die Garnison zog sich in die Burg zurück. Sechs Tage hielt sie durch. Dann gab das Tor den Stößen eines Rammbocks nach.

Bei der folgenden Erstürmung wurden alle unsere Soldaten getötet außer dem Kommandanten al-Numdhir, der lebend enthauptet wurde. Am sechsundzwanzigsten Tag des Muharram wehten über der Stadt die Fahnen mit den

* Cordoba. Siehe die Liste der Namen am Ende des Buches.

Wappen derer, die sie den hl. Jakob und den hl. Isidor von Leon nennen.

An jenem Morgen verlangte ich im Ratssaal nach einem Getränk, denn ich hatte plötzlich großen Durst. Ich hatte das Ende des Berichts vernommen; ich war erschüttert. Wie schnell können einfache Worte jenes Fleisch, das wir Herz nennen, verletzen und verbrennen! Ich weiß nicht, wie sich ein Hauch in eine scharfe Klinge verwandeln kann. Aber ich weiß, wie er zuschlägt, eindringt und wütet.

Der christliche Feind ist verbissen und kämpft bis zur Erschöpfung. Siebeneinhalb Jahrhunderte haben nicht genügt, uns das Recht zu geben, hier zu bleiben oder die Eroberungslust des Feindes aufzuhalten. Gefolgschaft und Tribut richten nichts aus. Auch unser Königreich, so klein es verglichen mit der gesamten Halbinsel ist, die wir einst beherrschten, muss ihm noch in die Hände fallen, um seinen Hass und seine Gier zu befriedigen.

Nach diesem Bericht über die Belagerung und ihren Ausgang beschrieb Raddân, welche Verwüstungen in der Gegend angerichtet worden waren, dass man Teile der Bevölkerung und Vieh deportiert hatte. Dann sprach man im Rat über Verteidigung, Gegenschläge und über den Emir ibn Hakam, dem man vorwarf, den Untergang von al-Qabra verursacht zu haben, weil er den größten Teil unserer Armeen im Süden und Osten belassen hat. Dabei ist doch bekannt, dass es im Süden viel zu tun gibt, wo der ungläubige Aasgeier die Ländereien, die Mauretanien gegenüberliegen, frisst und in der Levante der Prinz Ismail, dieser Hund, der beinahe mein Bruder wäre, gegen mich kämpft.

Ich schenkte ibn Hakam weiterhin mein Vertrauen. Dies zu sagen hätte genügt, um die Klagen zum Schweigen zu bringen. Aber ich wollte meinen geschätzten Beratern freie Hand lassen. Nie werde ich genug darüber wissen, was sie denken.

Danach sprachen wir vom Waffenstillstand, dem der Sieger inzwischen zustimmt. Wir hatten mit harten Bedingungen gerechnet, und so ist es auch: zwölftausend Golddublonen, zehn Geiseln von königlichem Blut, darunter mein Sohn Mohammed, die Befreiung von vierhundert Gefangenen pro Jahr gegen einen Waffenstillstand von zwei Jahren. Der Rat war bereit, sich den Bedingungen zu unterwerfen, ich war es eigentlich auch. Aber plötzlich überkam mich eine Welle des Zorns.

Sollten sie doch zum Teufel gehen! Wir sind doch keine Schafe, die man scheren kann. Wir brauchen dieses Gold; es ist unser Blut. Es zu bezahlen würde bedeuten, unsere Stärke denen zu überlassen, die uns unterdrücken. Soll sie der Teufel holen! Es gibt keinen Waffenstillstand, wir werden weiterkämpfen!

## *Am achtundzwanzigsten Tag des Muharram*

An jenem Morgen empfing ich im Ruheraum der Bäder Abdûn, der mir sein Gedicht brachte und dafür den Preis von zweihundert Silberdinaren erhielt. Zwölf Verse im Kâmil-Metrum las er mir ohne übertriebene Betonung vor, während von dem Podest leise Musik herübertönte. »Ich habe nach dem warmen Regen von ihrer Blumenkrone getrunken …« Er versteht es, mich zu verführen. Aber ohne sich dabei Zwang anzutun: Hinter seiner Ungezwungenheit spürte ich, wie er die vollkommene Art seines Vortrags genoss.

»Deine Verse sind so gut wie die von al-Zamrak und hätten es verdient, neben die seinen auf die Mauern des Palastes geschrieben zu werden. Doch verzichte auf diese Ehre. Ihre Anstößigkeit verbietet es.«

Er lächelte mir zu und antwortete:

»Auch sonst, Herr, würdet Ihr es nicht wollen. Und wenn Ihr es nicht wolltet, würden meine Verse nicht eingraviert.«

Seine geistreiche Art passte zu meiner Stimmung. Während mich der alte Said rasierte und mich mit Moschusduft parfümierte, sprachen wir scherzend über Frauen und tranken Milch dazu. Abdûns Leichtigkeit hat etwas Graziöses. Wie ein Tänzer oder Akrobat spielt er mit seinem

Wissen wie ein Schmetterling. *Das Halsband der Taube* kam uns ständig in den Sinn. Wenn ich Passagen daraus zitierte, fuhr er da fort, wo ich aufgehört hatte, und genoss dabei das einfache Vergnügen, das man verspürt, wenn man eine Speise bis zum letzten Bissen auskostet. Er könnte das gesamte Buch aus dem Gedächtnis aufsagen.

Danach behielt ich ihn an meiner Seite, während ich meinem derzeitigen Astrologen Jâbir al-Nakad Audienz gewährte. Er war grauer und faltiger denn je und trug immer noch seinen riesigen Turban. Er baute sich vor mir auf, zog aus seiner Tasche ein schmutziges bekritzeltes Papier, räusperte sich und enthüllte mir in strengem Ton meine nächste Zukunft, so wie es zum Ende eines jeden Monats seine Aufgabe ist.

Er war erstaunt, dass ich die Gegenwart eines Zeugen duldete, ohne dies zu sagen, und so verlor seine Rede etwas von ihrer Überzeugungskraft. Ehrlich gesagt verdient nichts von dem, was er mir vorhersagte, Geheimhaltung. Da ich von ihm verlange, mir nur Positives zu verkünden, setzt er mir nur Banalitäten oder Berichte über häusliche Freuden vor, die mich nicht interessieren. Wenn ich ihn zum Krieg befrage, sagt er nur, dass alle Mühen durch Ruhm belohnt werden.

Dieses Ausweichen macht mich noch besorgter. Aber nie werde ich ihn auffordern, offener zu sein. Drohendes

Unglück ist der schlechteste Gefährte. Im Übrigen habe ich mehr Interesse an dem Mann als an seinen Orakeln. Er amüsiert und zerstreut mich. Ich warte immer auf das plötzliche Zucken in seinem Gesicht und die Gravität seines Verhaltens, ohne nur eine Spur Selbstgefälligkeit. Selten sind Menschen so ernst und demütig zugleich.
Er hält sich für einen Alchimisten. Er hat mir schon Dinge über Schwefel und Quecksilber beigebracht. Doch er sucht in jener Wissenschaft nicht nach Gold, sondern nach der Erleuchtung der Seele. Gold wäre mir von größerem Nutzen.
Als er geendet hatte, fragte Abdûn:
»Trifft es zu, Professor, dass es Zahlen gibt, die die Fähigkeit besitzen, die Sinne zu erregen?«
Ich glaubte, al-Nakad würde eine solche Frage für unziemlich, naiv oder indiskret halten. Doch zu meiner Überraschung antwortete er, ohne auszuweichen:
»Ja. Es sollen die 22 und die 284 sein.«

## KAPITEL 3

### *Am zweiten Tag des Safar*

Dieser Körper war weniger zart und glatt als der des jungen Mädchens, er war fast schwerfällig. Aber ich war mit der Wahl einverstanden, da die Finger des Töpfers ihn mit solcher Liebe geformt hatten.

In dem angenehm warmen Gemach, in dem an diesem Morgen der Geruch von Bienenwaben schwebte, lag die Frau auf dem Bauch, die Arme gebeugt, die Stirn auf die bemalten Hände gelegt. Ihr Nacken war unter einem Knoten aus braunen Haaren verborgen und bildete ein Pendant zu der reinen Erhebung ihres Hinterteils. Der Jude hatte die Decke bis zu den Schenkeln aufgeschlagen und diese hellhäutige Bohne freigelegt. Sogleich verspürte ich Hunger in meinen Handflächen.

Ich kniete seitlich neben ihr und berührte ihren Rücken. Dies war eine Stelle am Körper, die ich vorher als zu männlich und zu weiträumig befunden hatte, um sie zu beachten. Unwissenheit schmälert die Lust. Seither kenne ich seine verborgenen Brunnen, seine Pfade, seine Kreuzungen.

Ich kenne mich dort ebenso gut aus wie ein Nomade in der Wüste, meine Hände haben gelernt, den Rücken zu genießen.
Dieser hier war rund, einheitlich, hatte keine Gräben und Vorsprünge und war, Gott sei gepriesen, von einer salbigen Geschmeidigkeit. Ich ging über einen der saftigen Moosteppiche, die zwischen Wasser und Erde liegen; er nahm meine Schritte auf, fand hinter ihnen seine ursprüngliche Form wieder, beugte sich den Launen meines Gewichts, als sei er dafür gemacht. Ich verspürte in den Fingern starkes Vergnügen dank großer Vertrautheit mit diesem Fleisch wie eine Zunge mit den Süßigkeiten, an denen sie leckt. Dabei kam mir der Gedanke, dass die Zunge auch berührt, betastet, streichelt, woraus ich schloss, dass die Finger schmecken, beißen, schlürfen, lutschen und kauen.
Die Lust trieb mich an: Ich war versucht, mehr Kraft aufzubringen. Nichts war vergleichbar mit den ersten Malen, bei denen in mir das Verlangen brannte zu kneten, meine Hände zu sättigen. Der Profane gibt sich seinem Instinkt hin. Das macht seine Nichtkenntnis aus. Dieser Weg, den er für den natürlichsten hält, beraubt ihn anderer Wege, die nicht zum Übernatürlichen führen, sondern zu einem höheren, subtilen und geheimen Natürlichen. »Man gelangt dorthin, indem man darüber streicht«, sagt Esra. »Kraft führt zu gar

nichts; nur das Licht und der Atem, der von deinen Händen ausgeht, kann in die Tiefe gelangen.« Jetzt verstehe ich dieses Gesetz, und ich habe es in mich aufgenommen. Gewiss muss man das Leben ebenso berühren wie einen Körper …

Ich war dennoch kein brillanter Schüler. Meine Emotionen führen mich ins Verderben. Denn unter allen Tugenden, die der Jude besitzt, gibt es eine, die sich mir entzieht: die Entsagung.

Dieses Mal war ich von diesem fülligen und erfahrenen Körper erhitzt. Ich vergaß alles, was an ihm nicht vollkommen war. Ich war begierig. Dieser warme und fette Ton betörte mich ebenso wie sein Duft, der sich, dadurch dass er sich mit dem Honiggeruch vermischte, spielerisch veränderte. Ich wollte ihre Sinne erregen, und meine Ungeduld schadete mir. Meine Bewegungen wurden so heftig, dass sie mir den Zugang verschlossen.

Esra sah es:

»Weiche nicht von deinen Plänen ab.«

Er forderte mich auf, in das Tal zu gehen – das man hier kaum sah –, das über die Mitte des Rückens verläuft. Und um mich besser zu meiner Aufgabe zurückzubringen, während meine Hände vom Nacken aus Brunnen um Brunnen herunterstiegen, an der Kette der Kiesel entlang, die in diesem Flussbett liegen, wiederholte er seine Lektion:

»Hier kommen rechts und links, Männliches und Weibliches, Vollkommenes und Unvollkommenes zusammen. Denk daran, hier zirkuliert der Saft. Hier versammelt sich das Sein in seinen zwei Prinzipien, so befruchtet und formt es in sich selbst die Kraft seiner Erhöhung.«

Er unterrichtet mich gern auf diese sibyllinische, rätselhafte Art, als sei es notwendig, die Dunkelheit zu begreifen, um das Licht zu erreichen, als befinde sich alles Wissen im Herzen eines Labyrinths.

Ich glaube, dass er dabei das Verhalten seines Lehrers nachahmt. Man gibt oft das weiter, was man selbst bekommen hat. Er sagt, er sei in Isfahan unterrichtet worden, im Land der Perser, wo diese Kunst einem Medizinbuch entnommen wurde, das vor zwei Jahrhunderten ein Minister der mongolischen Regierung aus China mitgebracht und übersetzt haben soll. Als Kind kam er mit seiner Familie in die Stadt – Händler von Leder, Bernstein und Bibergeil. Dort machte ihn einer aus der Schar der jüdischen Ärzte zu seinem Schüler und initiierte ihn.

Dieses Wissen hat – ich weiß allerdings nur wenig von seinen Grundlagen – mit der hebräischen, chinesischen und arabischen Kultur zu tun, und Esra kennt ebenso den Kanon von ibn Sîna* wie den Baum der Sefirot und die

* Avicenna

Gesetze der Levante – dazu kommen noch die Lektionen des Hippokrates, aus denen er mir öfter zitiert hat.
Als er seine Studien abgeschlossen hatte, verließ er Isfahan, blieb eine Zeit lang in Ubulla und in al-Qâhirah*. Dort heilte er das Volk und gewiss auch reiche Leute, in deren Räumen er auf kostbaren Teppichen seine magische Kunst der Berührung verfeinerte. Ein schlimmes Ereignis, von dem er nie erzählt, zwang ihn, ins Exil zu gehen. Da ließ er sich in Gharnata** nieder, wo er durch seine Heilkunst bald bei Hofe und dann auch mir bekannt wurde.
Von seiner Kunst aber erfuhr ich durch die Kurtisane Maryam. Eines Tages nahm sie mich, nachdem sie mich durch ihre Anspielungen neugierig gemacht hatte, in ihr Haus mit und postierte mich vor ein Fensterchen, das den Blick auf ein Zimmer freigab. Dort wurde eine Frau von Esra berührt. Es sprang mir in die Augen, wie sehr sie dies genoss.
In den folgenden Tagen ließ mir diese Szene keine Ruhe, und ich brannte darauf, es erneut zu sehen. Der Jude, der diesmal von meiner Gegenwart wusste, stimmte zu. Wieder wurde ich zum unsichtbaren Zeugen seiner Fähigkeit, die Sinne in Verzückung zu versetzen.

* Kairo
** Granada

Dann aber weigerte er sich, mich zu unterrichten. Er brachte vor, man müsse die Geografie des Körpers genau erlernen, die Maschen des Netzes, das ihn durchläuft, den Hauch und die Essenzen, die Feuerstellen und Brunnen, das Gesetz von Mutter und Sohn, Hunderte weiterer Regeln und Prinzipien, und die Finger müssten so empfindsam werden wie ein Federkissen. Ich bot ihm Gold und ein Haus an; aber er lehnte ab. Da wandte ich mich an Abd al-Rahman II., Emir zur Zeit des prächtigen Qurtuba, jenen wollüstigen Prinzen, dessen Seele der Herr erfreuen möge. Ich wusste noch nichts von der Verachtung, die Esra den Sinnenfreuden entgegenbrachte – eine scheinbar merkwürdige Distanz, ohne die er vielleicht nicht der allmächtige Beherrscher des Fleisches und seiner Freuden wäre. Gott sei Dank erkannte er im Emir einen Beschützer des Wissens, und dieser Schutz half mir zu gewinnen.

Ich preise seine Reinheit ebenso wie die Wunder, zu denen seine Kunst fähig ist. Man braucht nichts dafür: keine Salben, sie würden der Hochzeit der beiden Häute schaden. Hände ohne die Nägel genügen. Wer auf den Körper hören kann, kann nur durch die Berührung in ihn eindringen und ihn zum Genuss führen und in Wallung bringen. Das, was ich hier einfach nenne, ist in Wahrheit mit großem Wissen und Geheimnis behaftet. Der Ewige wollte, dass ich nach umfangreichem Betasten (ein besseres Wort gibt es nicht) den Schleier ein wenig lüfte.

Die Frau lag weiterhin reglos da, aber ich wusste, dass sie aufmerksam war. Es gefiel mir, ihr Gesicht nicht zu berücksichtigen und mich auf ihren frei daliegenden Körper zu konzentrieren. Ich verpasste nichts. In jeder Parzelle ihrer Haut steckte ihr ganzes Wesen. Ich besuchte ihre Knochen, die einen Korb bilden, auf dem Rücken angeordnet wie Wellen im Sand. Ich glitt zwischen zwei und hielt mich dort eine Weile auf. Esra lehrt, dass die Furchen und Vertiefungen stets besonders fruchtbar sind und dass man nah beim Felsen am meisten Leben findet, wie in den Untiefen, welche die Klippen säumen.
Ich schwamm auf der Wasserfläche und suchte die Anhaltspunkte und Nischen und durchstöberte die Fettalgenfelder. Man muss ein wissender Jäger sein, die Muschel unter dem Sand ahnen, die feine Wölbung, die sie verrät, wahrnehmen, mit den Fingern schnuppern, bevor man mit seinem Atem eindringt.
Esra sagt, manche chinesische Prinzen hätten, um das Gefühl in ihren Fingern zu spüren, lange die Glasur von Vasen berührt. Ich mag lieber die der Frauen; aber Übung ist sehr weise. Man muss von Weisheit sprechen: Die Entwicklung des Gespürs ist der einzige Weg zum Glück,

der nicht aufgebraucht und nicht langweilig werden kann.
Ich erreichte die Hüfte, auf meiner Seite, und fand dort das so angenehm weiche Fleisch. Darüber war die gepresste Brust zu sehen mit ihrem hellen Vorsprung, auf dem ein Schönheitsfleck saß. Ich wusste nichts von ihm und konnte auch nichts wissen, wollte es aber gern. Als ich ihn, während ich mich zur Achsel hinaufbewegte, nur eben streifte, spürte ich, dass es dort Pfade gab, die bereit waren zu erzittern.
Die Achsel war gerade epiliert worden, so wie ich es erwarte. Esra hat von der ersten Stunde an darauf geachtet, dass diese Frauen nach meinem Willen ebenso gepflegt sind wie die meinen. Jede Nachlässigkeit würde mir im Moment der Berührung Unbehagen bereiten, und ich mag Unkraut ganz und gar nicht. Bei jeder Frau, der ich mich nähere, verlange ich, dass man das Körperhaar schneidet oder rasiert, dass alle Stoppeln mit Wachs beseitigt werden, und ich ertrage auch nur ganz feinen puderigen Flaum, der nicht zu dunkel ist. Ich bin nie einem unbehandelten Körper begegnet, der so vollkommen gewesen wäre, mich für sich einzunehmen. So hat sich meine Vorliebe ganz einseitig entwickelt. Selbst die aufwändigste Herrichtung einer Frau stößt mich nicht ab. Ich bin für Schminke, Parfüms, Balsam, ich bin für alle Künstlichkeit, jeden Schmuck, von

dem ich mir weniger Glanz als ein unwirkliches Licht wünsche. Aber es ist nicht unbedingt notwendig. Auch nackte Schönheit liegt mir, weil auch sie irreal ist. Übrigens ist nichts erregender, als zu sehen, wie sie sich immer mehr zeigt, je mehr sich der Körper dessen entledigt, womit er verziert ist.

Ich habe oft die Schminke der Frauen gegessen. Kann ich sagen, dass ich mich bei manchen nur an deren Geschmack erinnere? Nein, ich erinnere mich mit ihm an eine bestimmte Haut. Beides gehört zusammen wie der Geschmack einer Haut und ihre Konsistenz. Manchmal habe ich das Gefühl, etwas von einer geschminkten Frau zu essen, indem ich ihren Puder und die Salben mit ihrem Schweiß vermischt zu mir nehme. Die Fremdheit dieses Mahls macht mich so trunken, dass mein Feuer stärker brennt. Danach habe ich ein so heftiges Vergnügen dabei, mich ganz von dieser duftenden Feuchtigkeit durchdrungen zu fühlen, und ich versuche, den Geruch der Frau von dem ihrer gereiften Parfüms zu unterscheiden.

Ich verließ die warme Achsel und begab mich zur Taille und ihrer Umgebung. Mein Blick ergötzte sich an der starken Krümmung und den hohen Hügeln des Hinterteils. Meine Hände brannten darauf, dorthin zu gelangen. Die zarte Taille hatte mir Lust auf üppige Formen gemacht, und das

Zittern der Frau, das immer deutlicher wurde, ermutigte mich dazu. Doch ich war noch genügend Herr meiner selbst, um mich an meinen Weg zu halten.
Ich folgte der Linie der Taille und erreichte den Mittelpunkt des Rückens. Dort war die Haut weniger zart, wurde durch die Felsen unter ihr verändert; doch es gab dort einen Brennpunkt, von dem ich reichlich zu profitieren lernte. Esra spricht hier von einer Tür (diese ist chinesisch, andere sind hebräisch), was so viel bedeutet wie: Dieser Ort ist geeignet, um einzudringen.
Ich bin sachte vorgegangen, und nach und nach haben sich Kräfte und Flüssigkeiten miteinander vermengt, die Wärme meiner Hand und die Entflammbarkeit in der Tiefe ihres Rückens. Die Frau sammelte sich. Man konnte es nicht wahrnehmen und musste, um es zu bemerken, das geübte Auge des Juden haben oder mit der Hand so achtsam sein, wie ich es mit der meinen war. Es waren die Zeichen aufsteigenden Saftes. Ich war aufmerksam, so sehr, wie sie es vermutlich auch war. Ich hauchte sie an und spürte, wie sich auf ihrer Haut die Erregung ausbreitete. Ich war davon ganz ergriffen. Bei Gott, dieser Anflug einer Belohnung ist noch so selten bei mir. Mir war sehr warm. Ein Schweißtropfen lief mir über die Brust. Meine Hände waren feucht, ich musste sie ständig an meiner Tunika abwischen. Das musste sein, denn feuchte Nässe auf der einen oder ande-

ren Haut macht Berührung unmöglich. Die Finger müssen gleiten können, und der geringste Schweiß hindert sie daran. Deswegen achtet Esra immer genau auf die Temperatur im Zimmer.

Der Atem der Frau hatte seinen Rhythmus nicht geändert, aber sie atmete tiefer. Es war wie die Arbeit einer Schmiede. Nach Anweisung des Juden ließ ich eine Hand bei der »Tür« und fuhr mit der anderen den steilen Abhang hinauf, der zum Hinterteil führt. Als ich über das Kreuzbein strich, dachte ich an das, was Esra darüber sagt: »Dieses poröse Geldstück ist die Geburt des Baumes. Sein Keim ist nah an der Saat und der Regel.« In dieser Position (die Frau liegt flach auf dem Bauch) ist die Krümmung am ergreifendsten. Ihre Kurve zieht die Hand an, die sich wünscht, sich zu den Gegenkurven zu erheben. Gepriesen seien diese Körperrundungen, die den Bögen von Portalen, den Schritten der Tänzerinnen, den Schleifen des Alphabets entsprechen. Hängt unser Entzücken nicht von ihrer Vollkommenheit ab wie das Leben auf Erden von der Kreisbahn des Mondes?

Mir war immer noch sehr heiß; ich wusste nun, dass ich es diesem Erwachen des Genusses, den ich erzeugt hatte und nun beobachten konnte, verdankte. Jetzt half mir die Frau, dem Vergnügen mehr Nahrung zu geben. Um ihre Bewegung zu verbergen, hatte sie die Hände um ihren

Kopf gelegt und ihre Stirn hineingebettet. Langsam und wellenartig bewegten sich ihre Hüften. Ich schmolz dahin, aus Dankbarkeit für diese Belohnung.

Es war zart und schmachtend. Im Schritt eines langsamen Kamelweibchens zum verlangsamten Flügelschlagen des Adlers. Es war die Erde, die sich auf das Feuer eingelassen hatte.

# KAPITEL 4

## *Am fünften Tag des Safar*

Um mich herum spüre ich großen Ernst und Angst. Die Drohung lastet auf allen Gemütern; so alt sie auch sein mag (gibt es sie nicht schon seit mehreren Jahrhunderten?), sie nimmt immer noch zu. Man kann sich nicht daran gewöhnen, sie weder mit früher noch mit der jüngsten Vergangenheit vergleichen und sie für ein altes Übel halten, an dem man nicht stirbt. Die Zeit ist kein Rad, das sich im Kreis bewegt. Sie ist ein Armbrustbolzen, der auf sein Ziel zuschießt.

Welchen Sieg könnten wir heute erringen? Wir haben so viele Waffen und so viel Verbissenheit gegen uns. Wir haben zwar Belagerungen, Niederlagen und Kapitulationen überlebt. Und manchmal haben wir den Lauf von Kriegen verändert. Doch nie konnten unsere Verluste durch das, was wir zurückeroberten, wieder wettgemacht werden. Die Christen Spaniens nagen an uns und sind bereit, uns in Stücke zu reißen wie Beutehunde. Ihr Zorn treibt sie vorwärts. Kreuzzug und Reconquista sind nur Vorwän-

de. Sie wollen nichts als unseren Garten plündern. Und die Hoffnung, einen Garten Eden zu zerstören, vergrößert ihren Eifer um das Zehnfache.
Ismail soll zerbrochen werden. Ich habe ibn-Hakam angewiesen, die Berber-Truppen, die an dieser Front kämpfen, zu verstärken, und ich stelle dafür zweihundert Mamelucken meiner Leibgarde zur Verfügung. Vor einem Jahr habe ich seine Revolte zerschlagen und seine Flucht nicht verhindert. Ich hätte ihn übers Meer verfolgen und seiner habhaft werden sollen. Er gehört zu den Reptilien, die man töten muss, damit sie ihre Beute loslassen. Jetzt ist er schon seit zwei Monaten zurück und belagert al-Mariya*. Er ist bereit, sein Land zu verraten. Er hat sich dem Feind angenähert, der Nutzen darin sieht, seinen Krieg zu unterstützen. Gegen Weizen und Dublonen hat dieser Verräter für den Fall, dass ihm wieder Macht zuwächst, schändliche Friedensbedingungen zugesagt. Er bringt auch Leute von uns und unseren Verbündeten auf seine Seite. Er begnügt sich nicht damit, die schändliche Unterstützung des hafsidischen Herrschers von Tunis zu bekommen (in Form von Gold und Männern – tausend, die mit ihm in Oran das Schiff bestiegen haben), er hat sich auch die Gefolgschaft einiger meiner Würdenträger gesichert, darunter zwei

* Almeria

Banû Sarraj*, die ihr Amtsvergehen damit entschuldigen, dass sie meine Politik nicht gutheißen.
Die unpopulären Maßnahmen, die ich ergreifen musste, zum Umsturz zu nutzen, ist eine weitere Infamie. Aber Ehrgeizige kennen Ehrlosigkeit nicht. Wenn sie fressen wollen, werden sie zu Ratten, wenn sie Höhlen bauen wollen, zu Termiten, wenn sie sich vermehren wollen, zu Kakerlaken. Sie sind bereit, durch den Abwasserkanal zu gehen, wenn dessen Durchquerung ihnen zugute kommt.
Die Steuern sind hoch, das mag sein. Aber wie sollen wir uns ohne Waffen, ohne Lebensmittel, ohne Soldaten verteidigen? Dann kann man gleich auf das Kämpfen verzichten und sich vernichten lassen.
Unter meinen Leuten verstehen nur wenige, worum es geht. Beweis dafür sind die Vorbehalte und die Kritik des Rates an der Regierung von Raddân, sobald von Sparen oder Militärausgaben die Rede ist. Angst macht schwach; die Leute würden lieber Verhandlungen führen.
Ich spüre, wie das Vertrauen schwindet. Während der Sitzungen frage ich mich unaufhörlich, wer mir noch treu ist und um welchen Preis. Die Berater, die am meisten Kritik

* Familie einflussreicher Würdenträger im muslimischen Spanien des 15. Jahrhunderts

üben, sind nicht die gefährlichsten. Ich fürchte besonders die, die schweigen, vor allem die drei Banû Sarraj, die immer noch in meiner Nähe sind. Sie haben sich in vorsichtiges Schweigen gehüllt, und dies veranlasst mich, sie wie Raubkatzen vor dem Sprung zu betrachten. Täusche ich mich?

Misstrauen genügt nicht, um die Seelen zu durchdringen; überdies zeichnet es sie schwarz. Wie soll man in jemandes Augen erkennen, ob er einen verraten will?

## *Am siebten Tag des Safar*

Ungezwungenheit herrscht unter dem großen weißen Feigenbaum, der dem Seerosengarten Schatten verleiht. Ich war ohne Begleitung, nahm den Einbruch der Nacht ganz in mich auf. Ich hatte die Frauen und Achmed, meinen jungen Mundschenk, weggeschickt. Nur Sabir stand am Saum des Gartens, zwei Schritte von den Stufen entfernt, hinter der Myrtenhecke. Der Gesang meiner Musikantin und die Klänge ihrer Laute vermischten sich mit dem Gegurre des Wassers. Hinzu kam das Piepen der Vögel und in der Ferne das Meckern der Ziegen. Es ist die Zeit, in der die Kinder von den Bergen herunterkommen. Die gesegnete Stunde, in der der Ewige zu uns spricht. Es ist, als ob zu allen

Zeiten, an jedem Tag dieselben Kinder unter demselben Blau des Himmels die Ziegen hüteten.
In meinem Alter kann ich die stille Freude, bei der die Sinne eher nachlassen als sich erhitzen, höher schätzen. Ergriffenheit ist nicht die einzige Art des Vergnügens. Es gibt auch das Glück des Kleinen, Flüchtigen, Vorübergehenden, es gibt das Glück des Gleichgewichts, das der Spinne in der Mitte ihres Netzes. Aber man muss, um dorthin zu gelangen, inspiriert und gesättigt sein. Wem es an Inspiration mangelt, hat nur die Wünsche der Armen; wer Hunger hat, achtet nicht auf das, was er kaut.
Ich badete mich also in meinem ruhigen Genuss, als jemand kam und Sabir etwas ins Ohr flüsterte. Nizami kündigte seinen Besuch an. Ich hatte vergessen, dass er kommen sollte, er hatte gestern darum gebeten. Ich war versucht, den Besuch zu verschieben; aber ich war zu neugierig auf das, was er mir verkaufen wollte.
Er kam mit einem Adjutanten und drei Frauen, die er sorgfältig und mit großem Geschick vor mir aufstellte. Sie waren nach arabischer Mode gekleidet und verschleiert. Natürlich war er bereit, die Schleier zu lüften, sobald ich den Befehl dazu gab, und er benutzte sie nur, um mir die Frauen reizvoller zu machen. Währenddessen garantierte er mir, dass sie schön seien, strahlende Zähne und eine Haut wie Milch hätten. (Ich vertraue ihm; allerdings habe ich ihm gesagt,

dass es bei der Haut nicht darauf ankommt, wie weiß sie ist.) Zwei von ihnen hatten helle Augen, wie ich in den Schlitzen der Schleier erkennen konnte. Alle drei kamen aus dem Norden, waren Christinnen und, wie er mir versicherte, Frauen von Stand. Sie trugen allerdings keinerlei Schmuck. Offenbar hatte man ihnen die Kleinodien gestohlen und sie auf diese Weise geschickt entblößt.

Ohne auf die Worte des Händlers zu achten, sah ich sie mir an, versuchte ihr Aussehen zu erahnen, es mir vorzustellen, es hinter der dichten Wand des Stoffes zu erraten. Was für Körper, was für Brüste? Was für Lippen? Welches Aroma ging von ihrer Wärme aus? Welchen Geschmack hatte ihr Schweiß? Während ich so den Blinden spielte, stieg die Lust in mir auf und ich suchte unter dem Schleier, unter dem Hemd, in den Pumphosen und gab mich den Lockungen ihres Geheimnisses hin.

Neugier kommt dem, was sich verbirgt, immer zugute. Ich habe so viele Körper kennen gelernt, und doch gibt es keinen neuen, der mir gefällt. Verzauberung, die ich mir nur einbilde, kann sich nicht auf Bilder berufen. Sie ziehen an mir vorbei, ohne mich zu überzeugen. Ich möchte andere, Unbekannte, die ich in meinem Gedächtnis nicht finden kann, und die Leere, die mir begegnet, macht meinen Hunger größer, genau wie beim leeren Magen.

Welchen Reiz finde ich in dieser Leere? Gott weiß es.

Aber muss der Mensch nicht von der Existenz anderer Lichter ausgehen, um das Geheimnis der Wirklichkeit vorzuziehen?

Ich habe Nizami verboten, die Schleier der Frauen zu lüften. Er war verstimmt, glaubte, dass ich keine von ihnen wollte, und bedauerte es schon, ihnen Schleier angelegt zu haben.

»Keine Sorge«, sagte ich, »ich behalte eine.«

Danach verbeugte er sich und pries mein Gespür und meinen Geschmack. Ich setzte mein Ratespiel weiter fort. Ich wollte mich im Moment meiner Wahl daran halten und, wenn die Wahl getroffen war, sicher sein, dass sie die beste war. Nicht die Richtigkeit meines Urteils war mir wichtig, sondern das, was zu ihm führen würde.

Was für eine Anmaßung, die Verführungskraft einer verschleierten Frau ergründen zu wollen. Ich weiß nicht, warum mir die Gefangene mit dem dunklen Haar am meisten zusagte. Ihr Blick? Dabei blickten ihre Augen unter den halb geschlossenen Lidern unentwegt auf die Fransen des Teppichs, auf dem ich ausgestreckt war. Ich sah nur ihre Hände ohne Malerei, ohne Ring, sie waren zart, und sie ließ sie nach unten hängen und kratzte sich ununterbrochen die Spitze des Zeigefingers mit dem Daumennagel. Verdankte ich meine Hinwendung zu ihr diesen beiden unruhigen Fingern? Sie war weder

groß noch klein, weder dünn noch dick. Was sollte ich sonst noch sagen? Die Tunika mit der Borte, die man ihr angelegt hatte, war befleckt durch Spuren von getrockneter Erde. Auch ihre Pantoffeln waren von Erde verschmutzt.
Es hätte mir missfallen, sie nicht zu kaufen. Dies ist der einzige Grund, den ich nennen kann.

Nachdem der Händler fort war, behielt ich sie eine Weile bei mir. Wir konnten uns nicht unterhalten, da sie kaum Arabisch kann und weder Griechisch noch die Sprache von al-Kashtalla* versteht. Ich habe ihr gesagt, sie solle sich setzen, und ihr den Schleier abgenommen. Ihr Gesicht ist hübsch. Eine spitze Nase, volle Lippen. Ich habe es nicht eilig, ihr einen Namen zu geben.
Schließlich ließ ich al-Baqar rufen, um sie ihm anzuvertrauen. Er kam langsam wie immer und warf ihr einen verächtlichen Blick zu. Ich sah, dass der Eunuch sie zu Tode erschreckte. Er ist tatsächlich ebenso unfreundlich wie seinesgleichen. Offenbar verändert man durch Kastration nicht nur den Körper, sondern auch die Seele.
Ich wollte nicht, dass die Gefangene die Nacht bei mir verbrachte. Diesen Entschluss fasste ich, als sie al-Baqar folgte.

* Kastilisch

Ich wollte sie seinem Joch unterziehen. In mir wuchs Verlangen nach ihr, das nicht ganz frei von Respekt war.
Ich empfinde noch immer so und will mich ihr nur allmählich nähern und mir Zeit nehmen, bis ich ihr den Hof mache.

### *Am achten Tag des Safar*

Der Hafside von Tunis bereitet meinen Untergang vor. Nachdem er Ismail geholfen hat, in unserem Land Fuß zu fassen, hat er den Christen, die gegen uns kämpfen, Neutralität angeboten. Dieser Verräter will auf unseren Ruinen tanzen, ohne zu begreifen, dass man seine Brüder nicht verlässt, ohne sich selbst in Gefahr zu bringen.
Ich habe mein Verlangen, ihn zu verfluchen, überwunden und ihm einen freundlichen Brief geschrieben, in dem ich ihm aufzähle, welches Risiko ein Pakt mit dem Ungläubigen birgt, und habe ihn um seine aufrichtige Hilfe gebeten, denn ich will immer noch glauben, dass er noch dazu bereit ist – wegen unserer Blutsbande und dem Glauben an Gott und seinen Propheten und wegen der Sicherheit seines Königreichs.
Al-Dâya überbringt die Botschaft und soll sich weder auf die üblichen Winkelzüge noch auf die Betrügereien des

Hafsiden einlassen. Danach soll er mit einem anderen Brief beim Sultan von Kairo dieselbe Bitte vortragen. Raddân glaubt, er wird dort ehrlich empfangen und erfolgreich sein, ich habe jedoch meine Zweifel. Der Mameluck ist vor allem damit beschäftigt, sich vor den Seinen zu schützen, und ich kann mir kaum vorstellen, dass das Schicksal des so weit im Westen liegenden al-Andalus* ihn davon ablenken kann.

Schließlich habe ich auch den Berater Abû l-Qaim beauftragt, nach Fes zu reisen und dort zu versuchen, unsere Beziehungen wieder zu pflegen, die wir seit dem Sturz der Meriniden vernachlässigt haben.

Als ich heute Morgen den Rat verließ, war ich vom Licht im Löwenhof wie verzaubert. Es sah aus, als habe Gott unsere Kolonnaden gepriesen und sie mit Sahne und Gold gesegnet. Noch nie habe ich die Wärme des Frühlings als so schön empfunden.

Ich überquerte den Hof, badete mich in seiner Wärme und ging mit geschlossenen Augen. Meine Tunika wirbelte den Geruch brennend heißer Steine auf. Meine Haut schmerzte, meine Hände waren wie mit warmer Baumwolle gefüttert. Ich hielt am Brunnen an und trank Was-

* Andalusien

ser aus einem Löwenmaul, das ich mit den Handflächen gesammelt hatte.
Ich spürte in mir das Wasser, den Stein und die Sonne.
Langsam entstand in mir das Verlangen, einen Körper zu berühren.

## KAPITEL 5

### Am zehnten Tag des Safar

Der nackte Körper, der ausgestreckt dalag und nicht bekleidet war, hatte die Farbe und den Geruch von Sand. Eine Düne von flachen Brüsten, schmalen Hüften, breiten Schultern, die Arme ausgebreitet. In der Wüste gibt es Statuen aus so reinem Stoff, dass sie unveränderlich sind. Dieser Körper war von einer solchen Reinheit. Man hätte meinen können, er sei ganz und gar voll mit gesundem Fleisch ohne irgendetwas anderes, weder Knochen noch Eingeweide, noch rötliches Gewebe.

Ich war bereit, ihr Sklave zu werden, saß vor ihren Füßen und war damit beschäftigt, sie zu verführen. Sie waren mager, ebenmäßig, und vom großen zum kleinen Zeh führte eine gerade Linie. Sie hatten die stolze Anmut von Tieren, die mit wenig Nahrung auskommen, und die archaischer Göttinnen. Die Haut der Oberseite war weich wie Seide, die der Sohle war zart und frei von Falten und war nicht ausgetrocknet. Das hätte sie steif gemacht, die Haut aufspringen lassen und an Leder, zu Zöpfen gefloch-

tene Bänder oder an Erde erinnert und an alles andere denken lassen, als diese Füße zu streicheln.
Esra sagt von dieser Fußsohle, dass ihr Abdruck wie ein Ohr aussieht und dass beide Fußsohlen der Spiegel des Körpers sind. Er sagt auch, dass sie beide wie die Niere aussehen und diese ihr Meister sei. »Das Herz ist in den Handflächen und die Niere in den Fußsohlen.« Die vier klar umrissenen Hautparzellen an unseren Extremitäten bilden einen seltsamen Aufenthaltsort.
Die Füße schienen nicht im Geringsten verbraucht, sie wirkten sogar überhaupt nicht benutzt. Sie waren jungfräulich und gaben diesem Körper eine größere Feinheit, machten ihn kostbarer. War sie eine Prinzessin?
Ich weiß nichts über die Frauen, denen ich hier begegne, und ich will auch nichts über sie erfahren, selbst wenn ich gerne wüsste, auf welchem Weg Esra sie sich beschafft. Aber ich gebe zu, dass ich diesmal von dieser einen, die gerade ihre Muschelschale verlassen zu haben schien und vielleicht aus einem fernen, in einem Palmenhain lebenden Volk stammte, ganz verzückt war. Mein Blick hob sich zu ihrem kantigen Gesicht, ihren grünen Augen, geschwärzt und mit abwesendem Blick. Ich habe nicht erraten, woher diese Ausländerin kam; ihre Züge waren edel wie die unvermischter Stämme. Ich spürte, dass sie weit weg von mir war, ihrem Geist und ihrer Abstammung

nach. Und vielleicht verdankte ich ihrer Fremdheit, dass mich ihre Nacktheit so sehr anrührte.

Nichts ist nackter als der Körper einer Frau – außer manche blassfarbige Blumen vielleicht. Was den Unterschied zwischen beiden ausmacht, ist die Schamlosigkeit. Denn es gibt eine natürliche Nacktheit und eine schamhafte. Und unter diesen kann man bei gleicher Schönheit noch die Langweiligen von den Anregenden unterscheiden, die Abstoßenden von den Vielversprechenden.

Nichts ist entblößter als der Körper einer Frau, nichts eignet sich besser, gestreichelt zu werden, nichts hat ein feineres Material. Keine andere Haut wird einem auf diese Weise geschenkt. Es ist, als ob der Herr, der sie vollkommen erschaffen hat, gewollt hätte, dass ihre Sinne aus der Nähe bereit sind, beim kleinsten Hauch zu beben. Und ist es nicht ein Wunder, dass dieser Körper und diese Haut uns durch den Willen des Allmächtigen geschenkt sind? Dass es uns von der Natur gewährt wird, sie zu genießen?

Die Tochter des Prinzen wirkte auf mich, als sei sie nackt geboren. Sie trug ihre natürlichen Attribute ohne Verzierung, ohne Scham, ohne Stolz. Solche Gefühle kannte sie mit Sicherheit nicht; das Natürliche lässt dem Unreinen keinen Raum.

Ich hätte sie mit der gleichen Natürlichkeit betrachten

sollen. Aber meine Hände und Augen waren von ihrem Anblick ganz verstört.
Der Grund dafür und das richtige Wort kommen mir jetzt in den Sinn. Diese Frau gehörte zur Welt des Heiligen. Ich berührte eine jener unberührbaren Jungfrauen, die die antiken Völker in ihren Tempeln unterbrachten, und die Illusion, eine Übertretung zu begehen, die mir durch eine besondere Gunst gestattet war, schenkte mir eine reizvolle Lust. Ich hatte ein Sklavengewand an; ich bediente, ich lag ihr zu Füßen.
Im Gegensatz zu den anderen, die gewöhnlich leicht in Wallung geraten, reagierten diese Füße nicht auf mich. Unter der Seidenhaut ruhte die Stille schlafenden Wassers. Hätte ich nicht die laue Wärme der Haut und die langsame Strömung in der Tiefe gespürt, hätte ich sie für die Füße einer Toten gehalten. Aber ihre Gleichgültigkeit passte zu meinem Spiel und dem Genuss, den ich daraus zog. War ich nicht ein Sklave? Diese Frau zum Erbeben zu bringen hätte mir eine Macht verliehen, die allein sie haben durfte.
Dennoch, als ich meine Hände um die Erhebungen legte, die Gräten streichelte, die Abgründe betastete, die Zehen bedeckte und alle Orte der Pflanze besuchte, am Rücken, an der Fessel (ohne die Ferse und die Linie der Sehne, die daran hängt, zu vergessen), war die Schönheit, die ich

pries, nicht die einer Statue. Ein Wesen wohnte in diesem Fleisch, dem ich meine Demut schenkte, damit es auch sein Vergnügen fand. Wurde ich erhört? Vielleicht. Ihre Kälte hinderte mich daran, es zu erfahren.
Das machte mir nichts aus. Ich spürte, dass meine Verehrung für dieses Mädchen aus Sand und ihre Haut, deren feine Körner schimmerten, immer größer wurde. Ich trank von ihrer schönen Nacktheit – die sie mir nicht schenkte, die sie aber dem Blick des Sklaven überließ, dessen Augen nicht zählen. Ich war demütig, ergeben, unempfindlich für Schmach und hätte gern diese Füße aus poliertem Ton geküsst.
Mit welcher Freude hatte ich die Waffen des Herrschers niedergelegt.

Die Natur zwingt den Menschen, sich vor anderen zu verteidigen. Wer sich unterwirft, schützt sich. Ich bin nicht anders. Aber indem ich es von den Menschen erhalte, tröste ich mich auch und räche mich für das, was die Dinge mir verweigern. Menschen zu befehlen heißt, der Arm Gottes zu sein, und über ihr Schicksal zu bestimmen bedeutet, ein wenig den Lauf der Welt zu beeinflussen.
Die Unterwerfung der Frauen (ich meine die des Fleisches) ist ein Gewürz, das man sorgfältig dosieren muss. Ich neige dazu, über Körper zu verfügen, sie nach meinen Launen

zu formen und sie ohne Rücksicht zu genießen, und ich könnte so weit gehen zu glauben, dass das Vergnügen mit der Unterwerfung grenzenlos steigt. Doch ich kann etwas, das ich missachte, nur schwer genießen.

Ich brauchte einige Unterrichtsstunden, um mich von diesem Gewürz durchdringen zu lassen, nachdem ich in jungem Alter noch bei einer Sklavin aus Tlemcen das raue Vergnügen entdeckte, eine Frau zu erniedrigen und ihren Körper zu quälen. Ich war damals noch kein Mann und von grenzenloser Neugier. Mein Vater erlaubte mir, meine Leute nach Belieben zu benutzen. Das einzige Mal, dass er mich wegen einer Gewalttat auspeitschen ließ, war, als er mich mein Fohlen quälen sah.

Die Sklavin war mein Spielzeug. Was zuerst reine Unterwerfung gewesen war, wurde durch Bindungen, die sich entwickelt hatten, und durch Quälereien komplizierter. Ich dachte mir täglich neue aus und freute mich schon im Vorhinein daran. Mein Vergnügen war seltsam und stark; es faszinierte mich. Nichts stand ihm im Wege. Hätte ich das Mädchen getötet, man hätte mir kaum Vorwürfe gemacht. Ich kann mich noch an ihren schmächtigen Körper mit den mageren Gelenken erinnern. Noch heute erweckt allein ihr Bild in meiner Brust eine Wärme, die an Grausamkeit erinnert. Was hatte ich nur für eine eigenartige Beziehung zu diesem Mädchen? Ihre Augen erflehten kein Mitleid, es

war weder Furcht noch Hass darin zu erkennen. Nur eine Spur Herausforderung, die sie wie einen Stachel zu bewegen schien.
Sie ist ihrer Pein entronnen. Eines Tages sah ich, wie Blut zwischen ihren entblößten Schenkeln floss. Zwar hatte ich immer unter Frauen gelebt, doch wusste ich nichts über ihre Natur. Ich war angewidert, dachte, sie sei wegen meiner wüsten Handlungen am Bauch krank oder verletzt, und ich wollte, dass man sie sofort davonjagte. Was mich am meisten abstieß, war, selbst der Grund dieser krankhaften Blutung zu sein.
Wenn ich mich heute mit Frauen auf den Liebeskampf einlasse, dann möchte ich, dass sie ihn entscheiden oder an der Entscheidung mitwirken. So stellen sie die Regeln auf und legen die Grenzen fest und können den Liebeskampf in aller Freiheit genießen. Meistens wird das Spiel unheimlich, denn die Frauen sind Meister der Zweideutigkeit. Man glaubt, der Herr zu sein, und ist eigentlich nur ein Instrument. Sie verstellen sich, entziehen sich, geben sich hin oder tun, als verweigerten sie sich. Nie weiß man, ob sie gerade nur ein Spiel treiben oder die Liebe wirklich genießen.
Ich war manches Mal im Spiel unterlegen, mit anderen Frauen als meinen eigenen. Ich erinnere mich an eine Kurtisane, die so mit mir umging, zu einer Zeit, als ich schon

Sultan war. Sie war sehr schön, berauschend und leichtherzig und reichte mir gern ihren Fuß, damit ich ihn küsste. Sie befahl, ich gehorchte ... bis zu dem Augenblick, in dem ich ihr mit meinem Mund und meiner Zunge Schreie und Lachen entlockte. Heute Morgen musste ich wieder an diese Kurtisane denken, und ich betrachtete die Tochter des Prinzen und stellte sie mir bei diesen Tätigkeiten vor: langsame stille Bewegungen, Ausstrecken der Arme und Beine, voller Herablassung, eine warme Verachtung in ihren grünen Augen ... Es gefiel mir, an so etwas zu denken. Ich hatte kaum Lust, mich ihr ganz zu nähern (Wie hätte ich das bei ihrer Kälte tun sollen?), und empfand ein heftiges Vergnügen dabei, sie durch die Berührung ihrer Füße zu ehren.

Brauchte ich Demütigung und Reue, um die Eitelkeit der Macht auszugleichen, und hielt ich mich deshalb ganz unten am Körper auf? Vielleicht brauchte ich diese Erniedrigung, vielleicht brauchen sie alle Männer. Wer kennt schon den verborgenen Willen der Seele? Erleiden die Anbeter des Kreuzes nicht auch solche Verrücktheiten? Sie halten die andere Wange hin, sie geißeln sich, tragen Büßerhemd und raue Gewänder. Es heißt, manche dieser Verrückten suchten Befleckung und Schande und liefen auf den Knien zu ihren Kultstätten. Das ist ein abwegiger

Glaube, der sich im Schmutz vergnügt. Aber hat Gott uns nicht aus Lehm gemacht? Und ist es vielleicht unser Ursprung, den wir darin gern suchen?
Dieser Fuß hatte nichts Niedriges. Er war so rein wie der eines Engels, und dies brachte mich dazu, ihn zu preisen. Von dieser Anmut und Schönheit wurde ich nicht erniedrigt, sondern wurde demütig, und ich hielt mich für niedrig, angezogen von dem Hohen. Ich verspürte dabei eine tiefe Freude. Ich genoss meine Inbrunst und vergaß mich selbst. Ich hörte auf, mich an dem Objekt zu messen, dessen Fleisch und Form ideal wurden. Eine göttliche Essenz durchdrang es und machte seine Reinheit überflüssig. Der schlimmste Schmutz hätte es beflecken können. Es war jenseits, und sein Licht stieg herab und erstrahlte in meiner Brust.
Ich spürte die Ergriffenheit der ausgestreckt daliegenden Liebenden, die der Gläubigen, die das Gewand des Propheten küssen, und ich begriff, dass Anbetung das höchste Glück ist.

# KAPITEL 6

*Am fünfzehnten Tag des Safar*

Die Gefangene ist nicht in den Wohnungen des Palastes untergebracht, sondern wohnt zusammen mit anderen in der Residenz, die Jussuf III. im Garten hat bauen lassen, hundert Schritte entfernt. Doch ihre Ankunft stört mehr, als sie sollte. Gestern hat mich Lubna, die das Lager mit mir teilte, gefragt:

»Mit Gottes Billigung, warum wohnst du nicht deiner neuen Frau bei?«

Mein Kopf lag gerade auf ihrem Bauch, und ihre Hände spielten mit meinem Haar. Als ich schwieg, hielte sie inne und wagte zu sagen:

»Es heißt, dass …«

»Was sagt man?«

»Du hättest sie herrichten lassen, hättest sie kommen lassen, hättest sie aber nicht berührt.«

»Woher weißt du das?«

Darauf schwieg sie, einmal, um mir nichts zu verraten, zum andern, um mich darauf hinzuweisen, wie naiv meine Frage war. Schließlich hat die Gefangene Dienerinnen … Ich könnte mich allein in der geheimsten Kammer einschließen, und doch wären noch meine kleinsten Bewegungen bekannt.

Schließlich sagte Lubna:

»Man sagt, sie hätte dich verzaubert.«

Da lachte ich.

Sie und die anderen sehen die Welt immer durch den Filter der Seherinnen und Zauberinnen. Sie sehen die Welt, nicht die Jahreszeiten. Jetzt versetzt die Frühlingswärme sie in Erregung (ich nehme meine Gattin Fatima aus, die immer gleich bleibt, auch in den Augenblicken, in denen man sich mehr wünscht als zärtliches Wohlwollen – diese Augenblicke erspare ich ihr jetzt). Ich sehe eine Menge Fibeln und Ringe um Fußgelenke, Karneole und Hyazinthen, Goldschnüre und Fransen. Ich rieche den Duft von Rosen, Zitronen und Veilchen; ich treffe auf strahlende Blicke, einen leichten und hüftbetonten Gang. Und häufiger höre ich in den Gemächern oder im Riyad laut ausbrechende Streitigkeiten. Vor zwei Tagen liefen hier zwei von den Jüngeren eine Galerie entlang und stießen Schreie aus wie Katzen.

Die Eunuchen scheinen an diesem Aufbrausen beteiligt

zu sein. Auch in ihnen steigt der Saft hoch, wie, das weiß ich nicht. Zu Lebzeiten meiner Mutter, Gott sei ihrer Seele gnädig, hätte es eine solche Freizügigkeit nicht gegeben. Sie und ihre Leute verstanden es, im Harem für Ordnung zu sorgen. Dafür huldigte sie einem wahren Kinderkult und weckte in meinen Frauen den Mutterinstinkt. Da kannte sie mich schlecht und erwies mir keine guten Dienste. Ich bin genau so organisiert wie jeder Mann: Sobald eine Frau schwanger ist, ziehe ich mich von ihr zurück.

### *Am zwanzigsten Tag des Safar*

Bei Sonnenaufgang, unweit von al-Mariya, hat der Christ die Gegend von Fijun mit seiner Streitsucht überzogen. Jeden Tag haben kleine Kavallerieeinheiten kleine und tödliche Angriffe unternommen, haben Dörfer und Obstgärten angezündet, Vieh geraubt, Männer getötet und sich der Frauen bemächtigt und nichts als Tod und Zerstörung zurückgelassen.

Die Hälfte unserer Truppen, die Ismail bekämpft haben, mussten die Belagerung al-Mariyas aufgeben, wohin sich der Verräter zurückgezogen hat, um sich vor solchen Angriffen zu schützen. Ganz gewiss hat der Feind deshalb diese Gegend für seine Verwüstungen ausgewählt. Er

wollte Ismail, diesem Hund, zu Hilfe kommen, bevor er besiegt werden konnte.
Unsere Soldaten haben nichts vorgefunden als Asche. Die Feiglinge waren geflohen und hatten sich geweigert zu kämpfen. Wild vor Zorn haben unsere Leute sie bis in ihre Ländereien verfolgt. Sie verbrannten, was diese verbrannt hatten, nahmen zurück, was diese gestohlen hatten, und sie kamen bis zum Fort von Burchana, das sie eingekreist und erobert oder besser gesagt zurückerobert haben, denn vor weniger als zwanzig Jahren gehörte es uns noch. Sie haben eine Garnison dort gelassen, dafür brachten sie außer zwölf Dutzend Gefangenen hundert Rinder mit, von denen ein Teil nach Fijun zurückgegeben werden sollte. Da aber dort keiner mehr am Leben war, brachten sie alle hierher.
Wir bräuchten das Zehnfache unserer Armee, um unsere Grenzen zu sichern, und nicht solche Rebellen, die uns in die Ferse beißen. Ich wette, dass die Überfälle in der Gegend von al-Mariya wieder aufleben werden. Sie machen das Unheil, das wir von al-Qabra, Yazira tarif, Sadûna, Maûrur und noch vielen anderen Orten aus erfahren, noch schlimmer. Mir ist, als überfiele mich ein Schwarm von Wespen. Meine Ohnmacht versetzt mich ebenso in Rage wie deren Stiche.

*Der fünfundzwanzigste Tag des Safar*

Ismail kann der Belagerung nicht mehr lange standhalten. Ich bin versucht, das Ende des Verräters schneller herbeizuführen; aber ich zögere, meinen Palast zu verlassen. Durch meine Abwesenheit könnten sich Aufwiegler ermutigt fühlen, die meinen Sturz wünschen.

An die Stadt al-Mariya habe ich im Übrigen nur dunkle Erinnerungen. Vor etwa dreißig Mondjahren, als ich gerade ein Jüngling war, wurde ich von dort auf Befehl des Königs abgeholt, um dem Feind als Geisel ausgeliefert zu werden.

Es war am Morgen, so früh, dass es noch kalt war. Ein Kaid in Begleitung von zwanzig Reitern hatte sich die Torflügel des großen Tors öffnen lassen. Ich erinnere mich noch an seinen schwarzen Bart, sein mit Kupfernägeln verziertes rotes Säbelkoppel und seine merkwürdigen blaugrünen Augen. Ich wusste nicht, welches Schicksal mich erwartete; ich erfuhr es aus dem Mund meines Erziehers, und meine Knie begannen heftig zu zittern.

Es war mir unmöglich zu fliehen. Von Mamelucken eingerahmt, musste ich reiten, wohin man mich führte, und so war ich zugleich gefangen und im Stich gelassen. Ich wusste nicht, was ich von meinem Vater halten sollte. Ich schwebte zwischen Angst und Verzweiflung.

Wir bewegten uns schnell Richtung Norden, und man hörte nichts als die Hufe, die auf Erde und Sand hämmerten. Die Sonne brannte heiß auf die Hügel aus Kalkgestein. Manchmal konnte man, wenn der von Zistrosen gesäumte Weg nach oben führte, die See erkennen. Schließlich ritten wir zum Meer hinab, bis zu einem einsamen Strand. Dort wartete ein Schiff mit vier Mann an Bord auf uns, das ich in Begleitung des Kaids bestieg. Unsere Reiter blieben an Land und stiegen im Schatten eines Piniengehölzes wieder auf. Die vier Ruderer, Leute von uns, brachten uns zu einer Galeere, die draußen vor Anker lag.

Am Fallreep empfing mich ein christlicher Kommandant. Er war willfährig und unterwürfig und erregte damit mein Misstrauen umso mehr. Er richtete drei Worte auf Arabisch an mich, redete dann in seiner Sprache und ließ es von einem Mann an seiner Seite übersetzen. Der Dolmetscher war ein Mudéjar, ein Muslim, der im von den Christen eroberten Gebiet lebte, hochgewachsen, mit brauner Haut und einer stolzen Haltung. Sein Name war Jafar. Er sollte mein Bewacher und mein Diener sein.

Nachdem der Kaid fort war und Schriftstücke unterzeichnet und gegengezeichnet waren, lichtete das Schiff den Anker, und die dreißig Ruderer schlugen im gleichmäßigen Rhythmus das Wasser. Da rannte ich, ohne zu zögern, ans Heck und sprang ins Meer.

Ich war nie ein guter Schwimmer gewesen.

Das Schloss, in dem ich gefangen war, lag in der Nähe von Mursiya*. Der Kommandant der Galeere war mein Aufseher. Zehn Monate verbrachte ich dort in größter Einsamkeit. Nichts ist so düster und schmutzig wie diese Gebäude der Christen. Sogar das verbrauchte Wasser wird gezählt, und es gibt nirgendwo welches außer in Krügen und Schüsseln. Mein Zimmer war kahl, was mich wehmütig stimmte. Über meinem Bett hing ein Kruzifix aus dunklem Holz, das ich zuerst abgerissen hatte, das sie dann aber wieder befestigt hatten. Sie wollten dieses Kreuz im Übrigen auch meiner Seele auferlegen. Jeden Tag kam ein Mönch, der mir die Sprache des Feindes beibrachte und versuchte, mir auch dieses Gift einzuträufeln.

Mit Jafar konnte ich mich besser unterhalten. Nur er verband mich mit meiner Welt, und ich bat ohne Vorbehalte um seine Freundschaft. Er schenkte sie mir und erfüllte mir auch den Wunsch, sein Wissen und seine Neugier mit mir zu teilen. Ich verdanke ihm, die Kunst des Schachspiels gut zu beherrschen. Ich verdanke ihm auch mein Wissen über die Sterne und die Geografie des Himmels. Er hatte sich eine Karte besorgt und war bereit, sie mit mir zu

* Murcia

studieren in den Nächten, in denen mich die Melancholie am Schlafen hinderte.
Eines Tages brachte man mich nach Mursiya in den dortigen Palast, in dem es von bemalten Figuren und Klunkern nur so wimmelt. Ich wurde wie ein Affe einem Hof scheußlicher Menschen vorgeführt, deren Oberhaupt ein noch scheußlicherer dicker Mann war. Er sprach Arabisch mit mir. Ich weiß nicht mehr, was er mir sagte, aber ich weiß noch, wie überrascht ich war, dass seine Kleider ihm so eng auf dem Leib saßen – und dass er von so schrecklichen Frauen umgeben war, die auch bis oben hin in schwere Stoffe gehüllt waren. Ich hatte solche Christen oft am Hof meines Vaters gesehen, aber so hässliche noch nie. Ich glaube heute, dass sie nicht hässlicher, sondern bloß zahlreicher waren.
Man behielt mich nicht dort, sondern brachte mich auf das Schloss zurück, und ich war froh darüber. Ich war von all dieser Hässlichkeit befreit und zog ihr die Einfachheit der Dinge vor, auch wenn sie noch so schmucklos waren.
An einem anderen Tag brachte mich der Mönch an einen ihrer Kultorte. Jafar kam bis zur ersten Tür mit, ging aber nicht weiter. Ich fragte mich, warum sie mich unbedingt bekehren wollten, Jafar aber verschonten. Ich wusste noch nicht, dass die Christen sich zu Hause mit Mudéjars und Juden vertragen, aber außerhalb ihrer Mauern mit

wildestem Eifer anderen ihren Glauben aufzuzwingen versuchen.

Ich glaube, der Mönch wollte mir mit diesem Besuch beweisen, wie rein, fromm und von Liebe durchdrungen seine Leute waren. Er hatte mich in einem Nachbarraum untergebracht, von dem aus ich durch eine Schießscharte sehen konnte, wie hundert Mönche dem Gottesdienst folgten. Was mir besonders auffiel, war, dass sie dort ihre düsteren Psalmengesänge von sich gaben und doch alle Säulen und Bögen arabischen Händen verdankten. Sie befanden sich in einer Moschee, die sie mit scheußlichen Ornamenten verunstaltet hatten. So sind die Christen, sie konvertieren alles, sogar Steine.

Statt der bekehrenden Wirkung, auf die mein Führer gezählt hatte, kam ich auf die Idee zu fliehen. Plötzlich rannte ich zur Tür, verließ den Raum und lief so schnell ich konnte durch den Flur auf der Suche nach einem Ausgang. Der Mönch folgte mir, aber nur im Schritttempo, und so hatte ich ihn bald abgehängt. Er rief einem ersten Mönch, dem ich begegnete, zu, man müsste mich fangen. Er tat nichts. Doch ein anderer wollte mir den Weg versperren, und als ich ihm ausgewichen war, verfolgte er mich. Als ich in den Kreuzgang kam, stand plötzlich ein dritter vor mir und hielt mich auf. Ich sprang in den Garten, aber sie beide nahmen mich in die Zange und

drängten mich gegen den Buchsbaum. Ich lag am Boden und wehrte mich. Es gab ein heftiges Gerangel. Ich weiß noch, dass sie nach einer Mischung aus Käse und Schweiß rochen. Ich erinnere mich auch, dass bei einem von ihnen das Glied erigiert war und sich gegen meinen Schenkel drängte.
In diesen zehn Monaten Gefangenschaft wechselten in mir Abneigung und Hass gegen ein Volk, an dem mir vor allem Eitelkeit, Grobheit und Schmutz auffielen. Es war eine düstere Erfahrung. Ohne Jafar wäre ich aus Überdruss und Bitterkeit gestorben. Aber ich glaube, ich habe auch Nutzen daraus gezogen. Ich entdeckte dort den Wert meines Gartens, und das ist mir für immer geblieben.

## *Am sechsundzwanzigsten Tag des Safar*

Heute Nacht waren es drei.
Ich hatte lange in der milden Abendwärme mit einer Hand voll meiner Leute, den schönsten und ruhigsten, und zwei hingebungsvollen Tänzerinnen gewacht. Der Wein erwärmte mich nach und nach ebenso wie die sanften Hüftbewegungen der tanzenden Körper. Aus den Gärten wehte Fliedergeruch zu mir herüber. In den Schalen, aus denen ich naschte, lagen getrocknete Früchte voll Saft, zart

und fleischig. Gegen meine Schenkel gelehnt schlief Jadiya. Ich sah ihr mit einer Goldkugel verziertes Ohr, die feine Linie ihres Halses und ihr gelöstes Haar, das mir noch nie so sehr als Emanation des Seins erschienen war. Ich hatte Verlangen nach ihrem schlafenden Körper. Zugleich wollte ich, ohne zu wissen wie, dass die orphischen Wellenbewegungen der Tänzerinnen sich bis zu meinem Lager ausbreiteten.

Als ich wegging und sie bat, mir zu folgen, bemerkte ich, dass sie bereit waren, ihre warmen Körper zu genießen. Ich habe Jadiya nicht geweckt, sondern sie tragen lassen, denn ich wünschte, dass sie weiterschlief.

Im Schlafgemach haben die Tänzerinnen sie sanft ausgekleidet. Dann haben sie sich um mich gekümmert, danach sich gegenseitig ausgezogen, mit so vielen Liebkosungen, dass ich mich dem Spiel anschloss.

Durch stilles Einvernehmen, ohne dass uns irgendwer anleitete, wurden, während wir uns auf das Bett legten, unsere Liebkosungen nicht mehr nur von den Händen ausgeführt. Auch die Arme, Schenkel, Füße und Beine spielten mit … Mit dem ganzen Körper berührten wir die der anderen. So näherten wir uns auch Jadiya, der Schlafenden. Sie ließ es geschehen, zunächst reglos, dann leise bebend, schließlich bot sie sich immer bereitwilliger der Haut, die sich ihr näherte, dar. Und zum Schluss, vollends

erwacht, aber noch erfüllt von der Sanftheit des Schlafes, begann sie ebenfalls zu handeln.
Sie wandte sich mir zu, und die Tänzerinnen taten es ihr nach. So überließ ich mich ihrer Haut, die sich kunstvoll gegen die meine bewegte, genoss die Leichtigkeit einer Brustwarze, die Wärme eines Bauches oder die Wolle von Schamhaaren auf meiner Brust, auf dem Rücken oder in der Kniekehle. Und in meiner Verzückung entdeckte ich, dass das riesige Gebiet meines restlichen Körpers nichts von der Pracht wusste, die meinen Händen und meinem Mund so geläufig war.

## KAPITEL 7

### *Am vierten Tag des Rabi I*

Der Körper war winzig und trotzdem vollendet. Wie angesichts einer ziselierten Medaille oder der Nägel eines Säuglings staunte ich über ein so vollkommenes Werk und vergaß, dass das obere Ende der Feder unendlich spitz ist.

Ein Frauenkörper mit steilen Brüsten und den Gliedern eines Rehs. Helle Haut, doch die Brustwarzen aus dunkler Erde ebenso wie die polierten Edelsteine der Augen, die zum Blauschwarz der auf dem Kopf zusammengesteckten Haare passten. Um den Mund herum war die Haut glatt, wie bei der Schnauze von Rehen und Ziegen; zwei klare Falten trennten sie von den Wangen. Ich mochte diese beiden so kunstvoll gezeichneten Furchen sogleich, ebenso wie die brennenden Augen, die den meinen hin und wieder einen flüchtigen Blick zuwarfen.

Ich hatte mich an ihre Seite gesetzt. Ich berührte ihren Arm, am liebsten die glattere Seite, und erkundete neugierig die Form, als sei sie wegen ihrer geringen Größe ganz neu.

Die zarteste Haut findet man dort, wo sie sich verbirgt.

Zwischen Achsel und Ellbogen und gegenüber dem Rumpf, den sie berührt, wenn der Arm gestreckt ist, ein Gebiet, das ganz besonders weich ist. Ich habe es sehr genossen. Der Arm war durch meine Sorgfalt kaum geöffnet: Ich war über einen Weg nach vorn gelangt, der die Brust auf der anderen Seite liegen ließ. Mein Handrücken berührte diese kleine feste Brust, die sich bewegen ließ, sodass ich an ihr vorbeikam. Ich fuhr hinauf bis zu der duftenden Achsel, befeuchtete meine Fingerspitzen mit ihrem Gewürz, hielt mich an ihren weichen Stellen auf, als suchte ich einen Eingang; dann berührte ich wieder weiter unten bis zum Ellbogen hin die Haut.

Auch er ist ein schöner Ort, eine Ausbuchtung, aus der man gern trinken würde. Ein paar Tropfen Liebeselixier würden schon genügen, es zu füllen, und man würde glauben, es sei das blaue Nass einer Quelle im unteren Fels. Ich ging noch weiter in die Tiefe und berührte die feinen Maschen des Blau, das unter der durchsichtigen Haut fließt. Der Unterarm zeigte mir seinen zanderweißen Bauch, das Fleisch ebenso zart wie innen an den Schenkeln, von einer so intimen Zartheit, dass ich den Eindruck hatte, es schäme sich davor, sich sehen zu lassen. Ich hielt mich dort eine Weile auf, genoss meine Berührung und das leichte Zittern, dem ich begegnete.

Dann glitt ich bis zum Handgelenk. Es war so schmal,

dass ich es mühelos mit Daumen und Zeigefinger umfassen konnte. Ich war versucht, es fest mit der Hand zu umschließen. Ob es der Wunsch ist, umhüllt oder ergriffen zu werden, das Handgelenk lädt dazu ein, dass man es anfasst.

Will man es festhalten, weil auch an ihm etwas festgehalten wird? Es scheint der Bindung gewidmet zu sein, und das Onyxarmband erinnert an die Fessel Gefangener. Ich habe es nie ertragen, dass man mich am Handgelenk packt. Wenn in meiner Kindheit jemand es zu tun wagte, spürte ich meine Machtlosigkeit und war so erschrocken, dass ich mich dem Griff entzog, als sei er glühend heiß.

An diesem Ort untersucht Esra den Atem des Körpers, indem er den Puls fühlt, den es an zwölf Stellen gibt. Er hat mir darüber nur wenig gesagt, weil er weiß, dass ich die Gabe des Heilens nicht besitze. Aber er hat es mir gezeigt und mir beigebracht, die verschiedenen Arten zu unterscheiden, damit ich alles, was in dem Körper fließt und klopft, erkennen kann und so auch meine Berührungen Fortschritte machen.

Ich habe das schmale Gelenk gezähmt. Das Herz hat dort wichtige Filialen, und ich habe ihnen Ehre erwiesen. Meine Finger erzitterten auf der Haut, und diese erbebte ebenfalls. Die Frau gelangte mühelos in einen Zustand der Erregung. Sie kannte sich aus und mochte das, was ich

mochte. Außerdem oder vielleicht vor allem fand sie es besonders reizvoll, von einem Unbekannten berührt zu werden.
Ich suchte ihren flüchtigen Blick. Er sagte: »Geh deinen Weg«, aber auch: »Ich kenne dich nicht, hüte dich, es zu vergessen.« Hier kommt es oft zu solchen Spielen, über die niemand redet. Es ist nicht mein geringstes Vergnügen, einer Frau Lust zu bereiten, ohne dass sie sich hingibt oder zeigen muss, dass sie einverstanden ist. Geschenktes und empfangenes Vergnügen, nach einem stillen Einvernehmen. Ein solcher Handel ist selten, wenn nicht unmöglich, außer man geht diesen Weg. Ich habe zu viele Frauen gehabt, die ihre Zurückhaltung allzu schnell aufgeben wollten, und deshalb liebe ich es, wenn Zweideutigkeit so weit vorangetrieben wird.
Ein solches Spiel kann nur Frauen gefallen. Was unklar und halb verborgen ist, erregt die Bilder, die sie sich machen, und man weiß sehr wohl: In der Kunst, sich Dinge vorzustellen, sind sie so versiert, dass sie ihre Sinne nur auf diese Weise beeinflussen. Eine blonde Sklavin, die mir einst gehörte, gelangte zur sinnlichen Erfüllung, ohne dass ihr Körper berührt wurde. Und Zärtlichkeit störte sie sogar bei dieser Arbeit, die sie im Liegen und mit weit offenen Augen vollführte. Angesichts dieses Wunders sah ich in feuriger Erregung zu, wie die Lust in ihr aufstieg, und

war verärgert, von ihr ausgeschlossen zu sein. Ich habe sie verstoßen, weil ich dachte, ihr Talent langweile mich. Ich glaube, ich war weniger gelangweilt als eifersüchtig.

Ihre Hand, die ich in der meinen hielt, war die eines Kindes. Diese Kleinheit gab ihr etwas Unschuldiges. Es war eine Hand, die man auf die Handfläche küssen musste. Ich habe Hände von so schöner Helligkeit kennen gelernt, ebenso matte Hände, raue Hände, misstrauische Hände. Durch welches Geheimnis finden sich in den Händen Tugenden und Laster? Sind sie, wie Esra behauptet, die Verlängerung des Herzens? So wie die Zunge, die der Grieche Äsop der schlimmsten besten Dinge fähig hielt? Esra sagt auch, die Hände seien ein Instrument der Sinne, dazu bestimmt, die Wahrheit der Dinge herauszufinden und zu berühren. Die Hand beschützt (wenn sie als Talisman getragen oder in unsere Türen eingeritzt wird, ist nicht Fatimas Hand unsere Begleiterin?), und wenn man sie anderen auflegt, kann sie heilen. Damit sie dazu aber fähig ist, muss sie das Leben erkennen, das sich im Körper reguliert und dereguliert. Ich verdanke dieses Wissen dem Juden. Denn er vermittelt mir die Kunst, mit der die Hand sehen, einatmen, hören, sich öffnen, sich ausstrecken und eindringen kann. Diese Kunst verwandelt sie. Sie wird lang wie die Flügel eines Adlers. Was sie dann entschlüsselt, kann nur sie selbst

erkennen; die Feder entziffert den Himmel; sie ist der Weg in Bereiche jenseits der Erde.
Ich habe ihre Finger langsam und ohne Eile nacheinander berührt. Zuerst waren sie von der Lust, die es ihnen bereitete, überrascht, dann waren sie bereit, sich hinzugeben. Ich glitt auf ihrer Oberfläche dahin, ich umhüllte sie, rollte sie, und meine Finger spielten mit den kleinen Brüdern, die von dieser viel zu seltenen Ehrung gerührt waren. Dann berührte ich die Handfläche, die nackt und fast wie gehäutet wirkt, die Stelle, an der das Herz sein Schicksal entschlüsselt. Auch sie geriet in Wallung. Die Hand, die aus der Fähigkeit, zu erkennen und Dinge aufzunehmen, nie Nutzen ziehen kann, die immer benachteiligt ist wie ein Falke, dem man den Vogel, den er gerade gefangen hat, wegnimmt, die Hand, die erzogen ist, Vergnügen zu bereiten, lernte, welches zu empfangen.
Die Frau hatte den Mund geöffnet, und so traten die Falten, die ihn umgaben, deutlicher hervor. Sie sah mich nicht mehr an; sie richtete die Augen starr an die Decke und schien auf die Geräusche ihres Körpers zu hören; ich wusste aber, dass sie bei mir war, sich meinen Händen hingab, sich nach ihnen sehnte, darauf brannte, sich in sie zu ergießen.
Ich gelangte zu der Rundung der kleinen Elfenbeinschulter. Meine Handfläche passte sich ihr an. Ich habe die Freu-

de des Töpfers gespürt, der Ton modelliert. Dann glitt ich auf die andere Seite. Die Brust wartete auf mich, ungeduldig, verärgert. Dies war nicht mein Weg, und ich verbot mir, ihre Küste anzusteuern, trotz des Durstes, den ich verspürte, sie mit Händen und dem Mund zu ergreifen.
Doch sich in der Nähe der Brüste zu bewegen hieß bereits, ihnen den Hof zu machen. Die Frau wusste es und bot sich mir immer mehr dar, unbeweglich und angespannt. Die braunen Spitzen der Brustwarzen hatten sich aufgerichtet. Es war mir unmöglich, dieses Zeichen zu übersehen.
Ich änderte meine Stellung, kniete mich vor den anderen Arm. Ich öffnete ihn und schob mein Knie hinein. Später berührte ich abwechselnd die eine und die andere Hand, und meine Hände ruhten auch auf dem oberen Teil des Oberkörpers, auf der Kehle und am Hals – ein berühmtes Ensemble, das der Jude »Tür der Götter« nennt. Ich bemühte mich um Entsagung. Ich beobachtete den Mund, in dem sich die Zunge hin und her bewegte. Ich kämpfte gegen mein Verlangen an, indem ich mir genau jeden Zahn und den Saum der Lippen ansah; aber dieses Perlmutt und dieser Speichel wirkten so anziehend auf mich, dass meine Lust nur stärker wurde.
Wieder sah die Frau mich ab und zu an. In ihren Augen war Glut, aus der wie durch einen Blasebalg angefacht Flammen schlugen. »Ich folge dir«, sagten sie, »mein Körper ist dazu

gemacht, zu gehen, wohin deine Hände mich führen.« Sie sagten jedoch auch: »Wohin bringst du mich?«

Mir kamen Visionen von ihr, wie sie über einen staubigen Weg ging, wie sie vor dem Essen kniete und ihre Hände eine Kugel aus Brei rollten; ich sah, wie sie schlief und wie sie wachte, mit ihrem Schweiß, dem Atem in ihrer Brust, dem Blut ihrer unreinen Tage und seinen tausend gespeicherten Empfindungen. Da bemerkte ich, dass ich davon träumte, ihr Ehemann zu sein, bescheiden mit ihr in einem Land zu leben, in dem man Ziegen hielt, mit der einzigen Aufgabe, ihrem Fleisch Lust zu verschaffen und ihren Bauch zum Weinen zu bringen. Es gab so viel mit diesem kleinen Körper zu tun.

Die Augen waren geschlossen. Der Oberkörper war gestreckt, die Hüften waren gebeugt wie Holz, das sich im Feuer biegt. Ich konnte kaum glauben, das ich solche Erregung hervorgebracht hatte. Die Tochter des Prinzen war so unempfindlich gewesen, dass ich glaubte, ich sei fern von meinen ersten und bescheidenen Siegen und so unfähig, dass es besser sei, aufzugeben. Jetzt hatte ich Zweifel: Was hier geschah, gehörte nicht zu dem, was ich vorhatte. Der Jude, dem daran lag, sich meine Gunst zu erhalten, hatte mir eine Frau hingelegt, die den Auftrag hatte, mich durch vorgetäuschten Genuss zu betrügen …

Ich wandte ihm meinen Blick zu. Die Bewegung seines Kopfes sagte mir: »Du bist auf dem richtigen Weg.« Täuschte er mich?

Ein Stöhnen der Frau brachte mich zu ihr zurück. Ich weiß sehr genau, dass man die Empfindung von Lust nachahmen kann und es schwer ist zu erraten, ob sie echt oder falsch ist. Doch dieser Seufzer war mir zu kostbar, als dass ich ihn der Ratlosigkeit geopfert hätte. Ich glaubte ihm, und dann trug er mich davon.

Die Frau stöhnte immer wieder. Sie rief mich; sie wollte, dass ich ihr ganz nah kam. Meine Berührungen verloren an Sicherheit, ich vergaß meine Unterweisung und begann ihre Brüste zu erobern. Mir wurde wirr im Kopf. In der Ferne hörte ich Wellen rauschen: Es waren die Zypressen, die eine Brise bewegte. Die Frau hatte die Arme ausgestreckt und zog mich an sich, während meine Hände sich an ihren Brüsten vergnügten. Ich brannte darauf, sie zu küssen. Würde Esra es wagen, mir Vorwürfe zu machen? Hatte ich diese Belohnung nicht verdient? Und wenn es ein Betrug war, war er nicht diese Reaktion wert?

Ich dachte nur noch daran, sie zu umarmen. Gierig nahm ich die kleinen Stachel auf den Brüsten in den Mund und drehte mich zu dem Juden um, damit er sich zurückzog. Aber er war schon nicht mehr da.

# KAPITEL 8

*Am zwölften Tag des Rabi I*

Seit gestern halten unsere Truppen al-Mariya besetzt. Ismail ist in unserer Hand: Ich lasse ihn auf das Fort von al-Munakkab* bringen. Auf meinen Befehl hin wurden alle seine Anhänger erschlagen. Nur bei den beiden Banu Sarrajs habe ich einen Moment gezögert. Berechnung? Milde gegen die Treue ihrer Brüder? Meine Gedanken waren wirr, bis zu dem Moment, in dem ich spürte, dass sich in mein Zögern feige Vorsicht mischte. Manchmal leiten uns unsere Gefühle, ohne sich zu offenbaren.

Ich habe ihre Hinrichtung befohlen. Es war die richtige Entscheidung. Ich bedauere allerdings, dass dabei Hochmut eine Rolle gespielt hat, Hochmut, der aus Schwäche geboren ist.

Jetzt, während ich meinen Leuten vor dem Palast ein Bankett ausrichte, ist mir leichter ums Herz. Anlass ist der

* Almuñecar

Mawlid*. Wir werden bis zum Morgengebet wach bleiben. Gesegnet sei der Prophet!

*Am zwanzigsten Tag des Rabi I*

Wir haben uns zu früh gefreut, dass wir den Rebellen besiegt haben. Das Böse will sich um jeden Preis einen Weg bahnen: von hier vertrieben, kommt es anderswo wieder zum Vorschein und verdoppelt sich sogar.
Truppen aus dem Westen und andere aus al-Qabra marschieren auf unser »Getreidemeer« zu, die Ebene, die sich vor uns erstreckt. Das ist aber noch nicht das ganze Unglück: Gestern ist der Emir ibn Hakam, Gott nehme ihn in seine Wohnung auf, durch einen Hinterhalt ums Leben gekommen. Der Feind hat sicher das Ende der Kämpfe gegen Ismail abgewartet. Er glaubt, dass ich, nachdem die Front von al-Mariya nicht mehr existiert, meine Kräfte sogleich wieder sammeln kann, und er beeilt sich, mich mit einem großen Heer anzugreifen. Was glaubt er, welche Kräfte ich ihm entgegenstellen kann?
Raddân, der Nachfolger von ibn Hakam werden sollte, sagte mir ohne Zögern und voll Temperament:

* Mohammeds Geburtstagsfest

»Herr, du allein kannst das Schwert des Emir wieder ergreifen! Die ruhmreichen Schlachten, die du gerade gegen den Ungläubigen geführt hast, beweisen, wie tapfer du bist und wie groß dein militärisches Können ist. Erinnere dich an deine Eroberungen von Villacarillo, das am Ostersonntag dem Erdboden gleichgemacht wurde, an Cieza, das dem Oberbefehl Santiagos entrissen, an das Schloss von Sahara, das in einem Überraschungsangriff am frühen Morgen erobert wurde. Erinnere dich an den Sturm auf al-Sharqiyya, an die Belagerung von al-Hama, daran, wie du Urshuyûn zu Hilfe kamst. Dein Ruhm ist verbürgt. Denk daran, wie du auf dem harten Felsen des Gebirges Widerstand leistetest und wie viele edle Ritter du gefangen nahmst …

Während er meine Siege nannte, zählte ich meine Niederlagen zusammen. Die einen und die anderen waren hundert Jahre alt. Er sprach weiter, doch ich hörte nicht mehr zu. Ein schwerer dunkler Mantel hatte sich mir über die Schultern gelegt.

*Am einundzwanzigsten Tag des Rabi I*

Besuch bei der Gefangenen in dem Turm, in dem sie jetzt wohnt.

Sie ist alles andere als schüchtern. Wenn ihr die Vorsicht

nicht befähle, von Zeit zu Zeit die schwarzen Augen zu senken, würde sie mir, ohne mit der Wimper zu zucken, beständig in die Augen blicken. Diese Kraft gefällt mir, und ich beuge mich ihr gern.

Ich frage sie aus, höre ihr zu. Trotz des Arabisch-Unterrichts, den ich ihr jeden Tag geben lasse, drückt sie sich noch sehr ungeschickt aus. Das bereitet mir viel Vergnügen. Unterbricht sie ihre Rede, warte ich gespannt, wie es weitergeht, ich warte auf das Wort, das ihr auf der Zunge liegt, helfe ihr, flüstere es ihr zu, ich begleite sie und nehme das wenige, was sie mir schenkt, wie Diamanten und Rubine entgegen.

Ich denke über meine Neigung nicht nach und unterziehe sie auch keiner Prüfung. Zarte Empfindungen, nach denen ich gesucht habe, um eine Variante meiner Lust zu finden, stellen sich ganz natürlich ein, und wenn ich mich ihnen hingebe, verspüre ich ein Glücksgefühl. Die Gefangene bringt mich dazu, mein Misstrauen abzulegen, so wie Lust einen dazu bringt, sich auszuziehen und nackt zu zeigen, sich ohne Waffen hinzugeben. Ich, eigentlich ein scheuer und spröder Mann, strecke ihr meinen Hals entgegen, bin zutraulich und genieße mein Vertrauen. Seit wie vielen Jahren war ich, ohne es zu wissen, nur so steif?

Man muss sagen, dass sich die Gefangene für dieses Verhalten eignet. In ihren Augen leuchtet ein geistreicher

Glanz; sie ist bescheiden, geradeheraus, und alles an ihr ist Anmut. Sie beklagt ihr Schicksal nicht; wenn Traurigkeit sie überkommt, weiß sie sie zu verbergen. Die Angst, die ich anfangs in ihren Augen las, ist verschwunden. Stattdessen sehe ich nun einen Blick, der beobachtet, herauszufinden sucht, sich einen Reim auf den Mann zu machen sucht, der sie besitzen könnte und darauf verzichtet. Vielleicht fragt sie sich angesichts meiner Macht über sie, ob es etwas gibt, womit sie mich beherrschen kann. So denken viele Frauen. Ich wäre enttäuscht, wenn auch sie so wäre. Ich will, dass sie ist, wie ich sie mir wünsche: frei von Täuschung. Ich möchte es mit ihr zu einer Beziehung bringen, in der jeder im anderen lesen kann. Ich möchte mit ihr ein Bad in klarem Wasser nehmen.

### *Am zweiundzwanzigsten Tag des Rabi I*

Heute Morgen spreche ich Recht im Hof von Meschouar. Mir kommt dieses Amt im Moment sinnlos vor. Ich sehe in den bereits ermittelten Fällen nichts als unnütze Probleme und sehe keinen Unterschied zwischen dem, was ich tue, und dem, was der letzte Kadi macht. Gefahr hat etwas Gutes: Sie macht uns aufmerksamer für das, was ihr fremd bleibt. Hier herrscht nur Mittelmaß und Niedertracht.

Ich tue nichts, als mich davor zu schützen. Ich weiche den Streitigkeiten aus; sie lösen zu wollen bedeutet, sich einzumischen. Ich will weder die Namen kennen noch etwas über den Beruf, die Wohnung oder den Besitzstand wissen. Die Angelegenheiten müssen vollständig geklärt sein, damit mein Geist noch bereit ist, sich mit ihnen zu beschäftigen. Von den Leuten in meiner Nähe versteht mich als Einziger der alte Banû Asim. Die Kläger bleiben in ihrem Sumpf, ohne zu wissen, dass sie dort drinstecken, und dass man will, dass sie da herauskommen.
Heute Morgen haben sie mich alle gelangweilt. Als aber die beiden letzten gemeinsam erschienen, hat mich einer von ihnen neugierig gemacht, so schmutzig und elend sah er aus. Während er befragt wurde, habe ich ihn mir genau angesehen: Seine Füße waren nackt und verkrüppelt, er trug einen hässlichen Mantel aus lumpigem Stoff, seine gierigen Hände spielten mit einem Rosenkranz, sein Mund war schwarz und voller Zahnstümpfe, an seinem mageren Hahnenhals sprangen unter dem Bart zwei dicke Venen und ein dicker Adamsapfel hervor. Diesen Hof und seine Zier, von meinen scharlachrot gekleideten Wächtern bewacht, hätte man nicht schlimmer verunreinigen können.
Und doch hat mich das Schicksal des Mannes berührt. Meine Hände spürten die trockene Haut auf den Rippen,

an den Schultern, an den Hüften; sie befühlten das ganze Skelett aus der Nähe, die abgezehrten, harten Muskeln, das raue Haar, die unförmigen Nägel; sie untersuchten die Flecken, die Risse, die Warzen, die Schmutzherde, die Abszesse; ich roch den krankhaften Geruch dieses von seinem Herrn gepeinigten Körpers, der nichts galt und dem nicht mehr Wert zuerkannt wurde als einem Hund oder einem Lasttier, dessen Klagen und Niedergang man nicht beachtet. Ich war erstaunt, dass er mich nicht abstieß. Weniger als der Körper war mir der vermutete Geruch unangenehm.

Ich habe den Bettler aufgefordert, näher zu treten.

Er trat nur einen Schritt nach vorn, mit gebeugtem Rücken. Drei Mal musste er aufgefordert werden, sich mir ganz zu nähern. Dann habe ich ihn aufgefordert, auf meine Fragen zu antworten. Er tat es voller Misstrauen und blickte dabei immer wieder zur Seite.

Er roch nicht übel, sondern nach Schafen, als wenn sein Schweiß und die Wolle gemeinsam das Wollfett bildeten. Sein Atem, auch wenn er durch die Zahnstümpfe nach außen drang, roch nicht unangenehm. Ich war gar nicht so abgeneigt, ihn zu berühren. Ich sah jetzt, wie sehr diese Haut faltig, ausgetrocknet, verhärtet war, wie sehr sie, nachdem das Leben aus ihr gewichen, sie Tieren und der Dürre ausgeliefert war, für jede andere Haut verloren war, taub, stumm und blind, eher die Haut einer Mumie als von Fäulnis befallen.

Ich untersuchte ihn weiter, suchte in seinen Haaren und Ohren, am Hals und an den Handgelenken irgendeinen Rest von Frische, fand aber nichts, weder an den zu schmalen Lippen, die im Bart fast verschwanden, noch in den Augen, die von Fieber glänzten und voll gelblicher Flüssigkeit waren. Ihr Blick war hasserfüllt. Solche Blicke durchdringe ich wie ein Blitz. »Dieser Mann ist böse«, sagte ich mir. Damit war die Sache zu Ende. Ich habe allen Vorwürfen gegen ihn stattgegeben und ihn in Eisen legen lassen. Wie hatte ich darauf kommen können, eine solche Haut berühren zu wollen? Droht mir ein falsches Begehren nach genauer Betrachtung, das mich so auf Abwege führt? Werde ich auf Dauer Lust und Abneigung verlieren?

Esra nutzt seine besondere Kunst zu Heilzwecken und erwartet von den Häuten, die er streichelt, nicht mehr als von denen, die er behandelt. Ich werde seinem Beispiel nicht folgen. Zum Teufel mit diesem Verzicht. Ich bin kein Barbier, der Beine amputiert. Mir geht es um mein Vergnügen, und das Verlangen, zu geben und zu empfangen, bedeutet mir viel.

Nach dem Bericht des Botschafters ist der Hafside in Tunis bereit, unsere Emigranten aufzunehmen und uns zu helfen, die Gefangenen loszukaufen. Zu mehr nicht. Zur selben Zeit verkauft der Schamlose Weizen an die feindliche Provinz Isbilîya*.

Dagegen hat sich der Mamelucken-Sultan überzeugen lassen. Aber wie will er uns zu Hilfe kommen? Indem er eine Armee aushebt? Indem er ein Schiff mit Gold oder Waffen schickt? Nein, durch einen Brief.

Durch Vermittlung der Geistigkeit von Jerusalem hat er dem König von Neapel geschrieben und ihn gebeten, in Kashtalla zu intervenieren, damit der Krieg gegen uns aufhört und man unsere Territorien freigibt. Wenn man nicht auf seine Bitte hört, hat er mit Repressalien gegen die Christen der heiligen Stadt und mit Zerstörung ihrer Kirche gedroht. Ich wette, dass man auf der einen Seite kaum Eile hat zu antworten und auf der anderen zögert, die Drohung wahr zu machen.

### *Am dreiundzwanzigsten Tag des Rabi I*

Feierlich habe ich die beiden Gesandten vom Hof von Fes empfangen. Sie waren beide prächtig gekleidet und wurden von vier Trägern mit Geschenken begleitet.

* Sevilla

Ihr kleiner Zug blinkte von Gold und Purpur, als sie den Hof durchquerten. Ein gutes Hundert Höflinge stand da, um sie zu empfangen, die meisten standen in der Halle des Segens, wo die Luft frischer war.

Zunächst war die Begegnung steif und oberflächlich; der Thronsaal lädt zu Feierlichkeit ein. Wir haben Geschenke ausgetauscht und Reden gehalten, unter den zufriedenen Blicken von Abu l-Qasim, dem wir diesen Besuch verdanken. Dann haben wir das Begrüßungslied gehört, das Abdûn komponiert und gedichtet hat – es war lang und ohne jeden Reiz, lang wie öde, aber wunschgemäß voller Emphase. Bei dem Gastmahl im Portikuspalast ging es schon ungezwungener zu. Man sieht von dort auf einer Seite die Stadt zu unseren Füßen liegen und auf der anderen das Wasserbecken, die Terrassen, Palmen und Myrten. Die Gesandten waren tief beeindruckt von der Schönheit des Ortes. Sie haben meinen Wein getrunken, Drosseln, Hasen mit Safran, Lamm mit Koriander gegessen, dazu mit Datteln gefülltes Gebäck mit Honig und Rosenwassergeschmack.

Dann habe ich Pferde satteln lassen und meine Gäste zur Rebhuhnjagd außerhalb der Mauern am östlichen Ufer mitgenommen. Sie lieben die Falknerei über alles. Meine Sperber haben sie begeistert.

Morgen werden wir eine Treibjagd veranstalten. Aber vorher versammeln wir uns in den Bädern. Es gibt keinen besseren Ort, um über Geschäfte zu reden.

*Am fünfundzwanzigsten Tag des Rabi I*

Die Gesandten aus Fes waren ängstlich. Sie sind zwar glücklich, unsere guten Beziehungen zu festigen, aber sie tun kaum etwas, um uns zu unterstützen. Gewiss sind sie vom Sieg des Feindes überzeugt und vermuten, dass er ihnen später ein Bündnis mit uns zum Vorwurf machen und seine Eroberungen auf ihr Gebiet ausdehnen könnte.

Die Verschwörer hoffen weiterhin, Ismail zu meinem Nachfolger machen zu können, aber auch andere seiner Anhänger hetzen das Volk von Gharnata gegen mich auf – deshalb mussten Truppen bereits in den Straßen des Vororts der Falkner drei Tage lang kämpfen.

*Am achtundzwanzigsten Tag des Rabi I*

Der Feind steht vor den Toren von Laûcha. Wenn der Ort fällt, liegt ihm die Ebene zu Füßen.

Ich habe Hishâm al-Kabir zum Oberhaupt der Armee ernannt. Zum großen Bedauern von Raddân lehne ich es ab, diese Rolle selbst zu übernehmen. Manche werden mich für feige halten; aber das macht mir nichts. In mir herrscht große Müdigkeit.

## KAPITEL 9

*Am fünften Tag des Rabi II*

Diesmal bin ich bei Anbruch der Nacht in Begleitung von Sabir zum Haus des Juden gegangen. Ich ging durch die süß duftende Luft, in der es nach Jasmin roch. Alle Farben waren blass, das Ocker der Brüstung und der Türme, das Smaragdgrün der Sträucher, das Blutrot der Rosen unter einem so kräftig leuchtenden Himmel, dass es schien, als herrsche dort noch der Tag, während sich auf der Erde die Nacht ausbreitete. Ich blieb stehen, um im Norden das lange braune Gras zu betrachten, das im Azurblau des Himmels lag. Es verwelkte zu schnell. Auch die Gärten des Himmels gibt es nur für kurze Zeit.

Esra hat mich nicht im Schlafgemach empfangen, sondern in dem Raum nebenan. Er war allein. Eine Lampe bewies mir, dass der Tag zu Ende war. Lederne Kissen erwarteten mich und ein Getränk mit Orangenblüten in einer Kanne mit Pfauenschnabel.

Nach einer Verbeugung, die er an diesem Ort machen konnte, ohne mein Missfallen zu erregen, bat er mich,

Platz zu nehmen und meinen Durst zu stillen. Dann setzte er sich ebenfalls und sagte zu mir:

»Da deine Aufgaben und dein Wille dich dazu gebracht haben, diese Stunde zu wählen, um dich zu mir zu begeben, bin ich auf die Idee gekommen, dies zu nutzen. Deine Augen, oh Herr, sind bei dieser Sache keine guten Gefährten; die Emotionen, die durch das, was du siehst, entstehen, halten dich von deiner Aufgabe ab und beeinträchtigen das Gespür in deinen Händen. Ich könnte dir vorschlagen, dir die Augen zu verbinden; und vielleicht mache ich es an einem der nächsten Tage. Aber heute Abend können wir dies auf andere, einfachere Weise lösen. Ich habe dafür gesorgt, dass das Schlafzimmer im Dunkeln liegt. Dort wartet eine Frau auf dich. Wenn du bereit bist, bei dem Spiel mitzumachen – deine Größe sei gepriesen –, wünsche ich mir in aller Demut, dass du sie als Blinder berührst.«

Diese Idee sagte mir natürlich sofort zu. Ich hatte nur einen Vorbehalt:

»Da du dann ebenso blind bist wie ich, wie kannst du erfahren, ob ich es gut oder schlecht mache?«

»Mein Gehör wird es mir sagen.«

Ich habe nicht erraten, was meine Hände berührten. Das Fleisch hatte gezittert und sich mir beinahe entzogen. An dieser Stelle war es eher füllig, ohne Sehnen, rund und sanft, bot sich dem Griff dessen, der es hätte kneten wollen. Ich blieb regungslos, hoffte durch einfaches Auflegen zu erkennen, was diese Wölbung war. Eigentlich suchte ich nicht richtig. Zunächst nahmen mein Geist und meine Sinne diese lebhafte Haut, die Pracht ihres Materials, ihre Feuchtheit und ihre leichte Bewegung auf. Der Jude hatte Recht: Im Dunklen hörte ich die Geräusche des Körpers viel besser. Aber der Jude hatte auch Unrecht: Ich war nicht weniger erregt als sonst.

Auf Dauer allerdings ließ das Gefühl in meinen Händen nach. Sanft presste ich sie auf das Fleisch, um eine Beziehung mit ihm einzugehen (ich hatte meine Handfläche nach außen gedreht; denn mit ihrer Hilfe wäre das Ratespiel zu einfach geworden). Es war ein seltsames Vergnügen, dieses Fleisch zu berühren, ohne zu wissen, wo ich mich befand, und ich hatte es nicht eilig, das Geheimnis zu durchdringen. Nur die Stellen, die nicht zu ihr gehörten, schloss ich aus. Ich fand dies mithilfe der Formen heraus. Da ich nicht im Einzelnen wusste, wie sie gebaut war, konnte die Haut mir dabei kaum helfen.

Der Körper ist ein großes Gebilde, und jeder Körper ist einzigartig. Ich glaube allerdings, dass ich durch Reisen und Sammlungen ein recht guter Körpergeograf geworden bin. Was für ein anmaßender Gedanke. Ich zögerte nun auf meinem Sandhügel und richtete mich darauf ein, mich getäuscht zu haben. Doch ich entdeckte den Ort, als ich einen Finger hob: Er stieß dort wieder auf Fleisch, das ganz zart und von derselben Beschaffenheit war ...

Ich befand mich oberhalb des rechten Knies, halb im Inneren des Schenkels. Dies ist eine empfindliche Gegend. Wie hätte die Frau, die dort von einer unsichtbaren Hand berührt wurde, nicht zittern sollen?

Ich hielt mich dort nicht auf, obwohl ich versucht war, zwischen die Beine zu gleiten und den Weg weiterzuverfolgen. Ich musste bei meiner Tätigkeit schrittweise vorgehen, diesem Körper die Angst und die Waffen nehmen, seine Glut langsam entfachen, an unschuldigen Stellen, und mich in ihn begeben, ohne ihn in Alarm zu versetzen. Aber man kann seine Taten nur beherrschen, wenn man auch seine Sinne beherrscht.

Meine Hand war bis zum Fußgelenk gelangt. Die andere hatte ich unter das Knie gelegt und es dazu gebracht, sich nach oben zu bewegen, sodass das gebeugte Bein von allen Seiten zugänglich war. Dabei wurde die Wade frei und berührte die Kante meiner Hand. Bei Gott dem Allmächtigen, ihre Haut war so schön, dass ein Impuls mich dazu brachte, sie mit den Fingern und der Handfläche zu umfassen. Einen Moment verirrte ich mich in der zärtlichen Berührung des sanften und weichen Hautgeflechts, so zart, wenn man darauf liegen blieb. Ich haftete daran

fest, ließ mich von dieser Haut tränken, salbte mich mit ihrer Creme ohne anderes Ziel, als dies mit meiner Haut und allen Nervenzweigen zu genießen.
Ich handelte ohne Gefahr, erwischt zu werden. Die Dunkelheit ließ nicht erkennen, dass ich vom Weg abwich, eine tiefe, schweigende Nacht. Ich genoss das kindliche Vergnügen, heimlich etwas Verbotenes zu tun. Ich spürte Esras Gegenwart nicht; ich hörte nichts von ihm und dachte schon, er sei gar nicht da. Draußen rauschten die Zypressen nicht, kein Lärm drang aus der Medina herüber. Auch meine Gesten waren leise; nur das leise Rascheln meines Kleiderstoffes verriet sie. Das Atmen der Frau nahm ich erst nach einer Weile wahr. Es war leise, gleich links neben mir. Jedes Aus- und Einatmen war schnell, aber das nächste kam erst nach einer Weile: Die Frau schien mir eher aufmerksam als beunruhigt.
Jetzt wusste ich genau, woher der Atem kam, und konnte den Abstand zwischen der Nase und dem Knie ermessen. Aber woraus bestand dieser Raum? Welche Umrisse boten sich der Nacht dar, wurden von ihr gestreichelt, von ihrem schwarzen Samt berührt? Ich brannte darauf, meine Hände dorthin zu führen, um alles zu erkennen und mich dort zu bewegen. Ich spürte die erregende Empfindung der Begegnung mit den Brüsten und dem Unterleib. Und nichts darüber zu wissen steigerte meine Lust.

Von solchen Erkundungen kann ich nicht genug bekommen. Jede neue Frau (und auch jede Frau, die ich zu lange vernachlässigt habe) ruft in mir im Moment, in dem sie sich enthüllt, eine ebenso helle Neugier hervor. Mit ihrer Nacktheit betrete ich eine neue Welt. Ich lerne ihre Ordnungen und Regeln kennen, ihre Manieren und ihren Geschmack. Ich bin begeistert, dass diese Welt in so vieler Hinsicht einzigartig ist; es überrascht mich so sehr, dass ich nicht merke, wie sie derjenigen, die darin wohnt, vertraut ist und wie sie von ihr Gebrauch macht, ohne in jedem Moment ein solches Staunen zu erleben.
Gewiss werde ich warten müssen, bis ich sehr alt bin, um von dem allzu großen Hunger befreit zu werden, der mich, den Schüler in diesem Gemach, von seiner Aufgabe ablenkt. Aber es wäre schlimmer, ihn zu verlieren, und vielleicht würde mir mit ihm auch die Freude am Lernen abhanden kommen. Besser ein stampfendes Pferd zügeln, das ausschlägt, als einem müden alten Gaul die Sporen geben. In diesem Feuer steckt das Leben, und ich danke dem Herrn, dass er mein Fleisch mit ihm erfüllt hat.
Meine groben Zärtlichkeiten genoss ich allein. Die Frau ließ es sich gefallen, aber ohne Erregung, und empfand es sogar als Erleichterung nach der Irritation, die jene unbekannte Hand in ihr erzeugt hatte, als sie ihre Haut betaste-

te. Dadurch kam ich auf den richtigen Weg zurück, und ich begann, die Fußgelenke nach Esras Kunst zu berühren. Währenddessen stellte ich mir diesen Körper, den ich nicht sehen konnte, vor. Ich modellierte die Schultern, die Hüften, den Bauch, formte die Täler und Hügel aus Ton, mischte ihn mit Likör und Blut. Meine Bilder wurden von dem inspiriert, was ich an diesem Körper spürte, und nicht von dem Traum eines idealen Körpers. Ich habe mich nie darauf festgelegt, wie der ideale Körper aussehen muss. Das würde nur Einengung bedeuten. Die griechischen oder tscherkessischen Formen haben für mich denselben Wert wie die sudanesischen oder mauretanischen; die Taille und Breite der einen oder anderen sind keine Prüfsteine. Ich bin der Meinung, dass es nicht nur ein Modell, sondern hunderttausend gibt. Ich glaube, es genügt, eine Frau zu lieben, um ihre Formen zum Ideal zu erheben.

Also, für mich gibt es keine Kanonisierung. Ich brauche nur die Reinheit einer Linie, die Glätte der Haut und die undefinierbare Ordnung, die dafür sorgt, dass sich die Schulter mit dem Fuß verträgt. Ich brauche auch Anmut, die den Esprit des Körpers ausmacht …

Oder vielleicht genügt es mir einfach, dass der Körper wie ein geeignetes Instrument geformt ist. Frauen haben in meinem Gedächtnis die strahlende Erinnerung an das Geschenk ihrer Liebe, aber nichts von ihrer Körperform

hinterlassen. Andere haben mich so weit gebracht, dass ich ihre Hässlichkeit vergaß; bei einer habe ich sie sogar geliebt. Was für eine Bedeutung hat die Vollendung der Formen eigentlich für die Fleischeslust? Ist es nicht nur eine Frage von Materie und Fluidum?
Doch wie soll man leugnen, dass man aus der Schönheit Genuss zieht, dass sie die Freuden des Körpers verändert, dass sie sie reinigt, wenn die Spiele lasterhaft sind, sie erhöht, wenn die Spiele unrein sind, und sie vor Abscheu bewahrt, wenn die Wünsche erschöpft sind? Das Auge fordert seinen Anteil; es will auch genießen, auf seine Art: in Übereinstimmung mit dem Denken.

Dieses Mal verlangte das Auge in der feuchten Dunkelheit vergeblich sein Recht. Der Körper vor mir blieb ohne Form und Farbe, und mir wurde klar, dass ich, selbst wenn ich mit den Händen Maß nähme, nur ein dürftiges Ergebnis erzielen würde. Bestenfalls würde ich das Gewicht einer Brust, die Krümmung einer Taille, die Feinheit eines Oberkörpers oder eines Glieds erfassen, und nie würde mir das wunderbare Ganze enthüllt werden.
Eines wichtigen Sinnes beraubt, suchte ich nach Ausgleich, während ich die köstlichen Beine berührte, die von leisem Schauer erfasst wurden. Mich überkam Lust, und ich gab ihr nach: Ich beugte mich über den Schenkel und roch

daran. Die Frau muss es gespürt haben, denn sie breitete die Beine aus. Ich hatte den schwachen Duft nach Veilchen und Honig wahrgenommen und wollte mehr.
Ich setzte meine Berührung lange Zeit fort.
Nach dem Fußgelenk und dem Bein habe ich dem Knie den Hof gemacht, der Rundheit auf der Oberseite, der Sanftheit seiner Höhle. Das Knie, das die Erde zum Zeichen der Demut berührt. Der Jude, der in ihm auch den Sitz der Hinnahme sieht, vergleicht es mit dem Kopf und setzt ihm eine Krone auf, als wenn Ruhm gerade dem Niedrigen beschieden wäre.
Danach habe ich mich den Seiten des Schenkels gewidmet.
Ihn zu erobern bedeutet Siegen. Er ist das Instrument der Liebe wie die Beine des Pferdes. Man könnte meinen, Gott habe ihn mit Fleisch versehen, damit er sich besser zum Zittern eignet. Er wacht dort über Fischbänke, Vogelscharen, alle jene empfindsamen und lebhaften Tiere, die durch Erregung den Verstand verlieren. In sein Reich vorzudringen bedeutet, den Wind auf das Laubwerk zu lenken, seinen Ton und seinen Sand erbeben zu lassen bis hinauf ins Land seiner Quelle.
Die Frau hatte ihren Atemrhythmus beschleunigt. Sie bewegte ruckartig ihre Beine und Hüften. Ich hörte auch, dass ihre Arme nicht ruhig blieben. Ich setzte mein Werk

sorgfältig fort. Bald wurde ich dafür belohnt: Aus ihrem Mund drang ein Murmeln, dann wieder eines, und schließlich folgte sanftes Röcheln.

Mein Erfolg versetzte mich in Hitze. Die Stimme hatte mir enthüllt, dass da ein menschliches Wesen war, und ich war verwirrt, als ich merkte, dass ich so schnell vorangekommen war. Einen Moment dachte ich, Esra müsste zufrieden sein. Dann habe ich, ohne mit meinen Bewegungen aufzuhören, noch einmal an dem sich regenden Körper gerochen.

Während ich an dem Schenkel entlangglitt, hat mein Gesicht seine Haut berührt. Ich begriff, dass mich der Körper diesmal handeln ließ, ja, er bot sich mir bereitwillig dar. Was meine Augen nicht hatten entdecken können, darum kümmerte sich meine Nase in größtem Einvernehmen mit ihm.

Ich schwebte dicht über warmer Haut. Sein leichter Moschusgeruch wurde stärker als der Veilchenduft. Er vermischte sich, je nachdem wo ich war, mit dem honigartigen Geruch des Schweißes oder dem Duft giftiger Blumen. Manchmal streifte ich sie wie aus Versehen. Sie keuchte und war hauchfeucht, manchmal streckte sie sich mir entgegen, um berührt zu werden. Immer noch fasste ich den Schenkel an, immer noch drang dieses sanfte Röcheln aus ihrem Mund.

Ich bewegte mich nach oben, um diesen offenen Mund zu befeuchten. Aus ihm drang der Rindensaft des Nussbaums. Ich erahnte den Saum der Lippen, die dunkle Öffnung, die Feuchtigkeit im Innern, die himbeerne Zunge … Plötzlich überkam mich Durst.

KAPITEL 10

*Am sechsten Tag des Rabi II*

Diesen Freitag bin ich nach dem Gottesdienst in der Moschee in die Madrasa gegangen. Dort wurde ich früher mit meinen Brüdern und den Söhnen der hohen Würdenträger unterrichtet. Als ich den Hof betrat, erinnerten sich meine Fußsohlen an die Knüppelhiebe, die sie manchmal zur Bestrafung erhalten hatten. Ich war kaum ein fleißiger Schüler zu nennen gewesen und fand das, womit man mich fütterte, nur schwer verdaulich. Es gab tatsächlich eine Fülle an Unterrichtsstoff, Rechts- und Religionswissenschaften, Grammatik und Wortkunde, Rhetorik, Poetik, Geschichte und Genealogie, Astronomie, Musik, Mechanik, Alchemie, Griechisch … Es war nicht so falsch von mir, mich dagegen zu sträuben. Was ist mir davon heute noch geblieben außer dem Sinn für Singen und schöne Verse?

Ich ging in die Bibliothek. Der Gelehrte, der sie früher leitete, der alte ibn Hurash, ist seit zwei Jahren tot. Ich habe diesen Mann geliebt. Er empfing mich stets liebevoll, wenn ich herkam, um meinen Lesedurst zu stillen. Ich habe an seiner Stelle einen Mann mit den Augen eines Erleuchteten vorgefunden, einen Frömmler, der mir Angst macht, der für Zensur eintritt und dem ich Werke mit zu freizügigen Ansichten nicht anzuvertrauen wage. Ich bin an den Regalen entlanggegangen und habe meine Reichtümer gezählt. Wie viele Disziplinen sind hier vertreten? Und wie viele in arabischer Sprache verfasste Werke, wie viele aus dem Griechischen, Lateinischen oder Persischen übersetzte Bände gibt es hier? Ich blieb bei der *Philosophischen Abhandlung* von ibn Rushd* stehen, ein Exemplar, das vor dem Scheiterhaufen gerettet wurde, auf den man seine Bücher geworfen hatte, vor dem *Buch der Lieder* des abu-l-Faraj aus Isfahan, das der große Al-Hakam** für tausend Dinar im Orient gekauft hat, und ich konnte auch nicht umhin, *Die Musikstunde*, das kleine Buch von Ziryâb, in die Hand zu nehmen, in dem er so schön erklärt, wie man sein Leben in eine Melodie verwandeln kann.

Dann gewährte ich inmitten all dieser Schätze des Wissens zwei Audienzen.

Mein erster Besucher war der Gelehrte al-Zahrawi, begleitet von einem Astronomen, zu dessen Gunsten er bei mir

* Averroes

** Al-Hakam II., Kalif von Cordoba

vorsprach. Der Mann war mager und welk, aber sauber angezogen und bat mich demütig, ihn bei der Konstruktion eines Fernrohrs zu unterstützen, das »Äquatorium« genannt wird. Um seiner Bitte mehr Nachdruck zu geben, erwähnte er zuerst das *Buch der Bögen der Sieben Planeten* und die Erneuerungen von al-Zarqiyâl*, dann redete er über verschiedene Typen von Äquatorien, von denen nur ein einziges, das geometrische, für das er eintritt, das Problem der Vielheit der Zentren vollkommen lösen kann.

Ich bin ihm nur eine Weile gefolgt, und ich wette, dass der bedeutende al-Zahrawi kaum mehr verstanden hat. Aber das Vorhaben erschien mir so lächerlich, so unbedeutend und von unseren Sorgen so weit entfernt, dass ich zugestimmt habe, den Bau zu unterstützen.

Danach empfing ich Abdûn. Er erzählte von einem Berber, der in den Besitz einer Menge kostbarer Bücher gekommen ist und sie loswerden möchte. Sie hatten den richtigen Ort gewählt, um über dieses Thema zu sprechen. Außer dem Epos *Hamâsa* von abû Tamman habe ich die Werke, die er aufzählte, vergessen. Ich unterbrach ihn:

»Bis hierher, lieber Abdûn! Ich werde diese Bücher nicht erwerben und auch sonst keines. Ist es die richtige Zeit,

* Azarquiel

sein Haus zu bereichern, wenn ihm die Zerstörung droht? Heute ist mir nur wichtig, wie viel Gold meine Bücher wert sind. Ich kaufe keine mehr, ich verkaufe welche. Diese Bibliothek enthält Schätze, die ich umwandeln muss.«

Abdûn war außer sich.

»Herr, Gott habe Mitleid mit dir, willst du …?«

»Ich habe bereits reiche Käufer gefunden.«

»Christen? Aber du weißt doch genau, Herr, dass sie sich die Werke unserer Gelehrten nur aneignen, um hinterher zu behaupten, sie hätten sie geschrieben. Unsere Bücher zu verkaufen heißt nicht, Papier zu verkaufen, sondern die Wissenschaft, die sie enthalten, und sie damit zu verlieren!«

»Wir werden sowieso unseres Eigentums beraubt. Die Christen werden uns besiegen und die Erinnerung an uns auslöschen. Außerdem sterben Bibliotheken wie Menschen und Bäume. Bedenke, dass die größte, die von al-Hakam, dem Herrn von Qurtuba, von der es hieß, sie enthalte mehr als vierhunderttausend Bücher, nicht länger als fünfzig Sonnenjahre existiert hat. Abdûn! Es gibt eine Zeit für Bücher und eine Zeit für Kriege.«

»Aber Herr, wenn dieser Krieg in deinen Augen ohnehin verloren ist, warum dann auch noch die Bücher verlieren?«

Ich wusste nicht, was ich ihm antworten sollte. Ich sagte:

»Um zu kämpfen, um Zeit zu gewinnen.« Und noch während ich diese Worte aussprach, bemerkte ich, wie lächerlich sie waren.

## *Am zehnten Tag des Rabi II*

Ich habe der Gefangenen einen Diamanten geschenkt, den ich von meiner Mutter habe und der aus Indien stammen soll. Sie hat mir eher mit Ehrerbietung als mit Herzenswärme gedankt und dachte wohl, ich wollte mit dieser Geste ihre Gunst erwerben. Sie täuscht sich. Ihr gegenüber bin ich nicht berechnend. Zu verführen versuchen bedeutet erfinden, schminken, sich verkleiden; aber ich will entblößt vor ihr stehen … und will, dass sie es auch ist. Was wäre im Übrigen käufliche Gunst wert?
Ich will, dass sie mich versteht, mir ihr Vertrauen schenkt. Sie darf nicht an mir zweifeln und mich nicht fürchten. »Ich öffne mich, lies in mir«, versuchte ich ihr zu verstehen zu geben. Sie beobachtete mich. In ihrem Blick steht ihre Antwort: »So entwaffnet du sein magst, Herr, mein Leben ist in deiner Hand.«
Es ist die Wahrheit, ich kann daran leider nichts ändern. Mir ist die Macht gegeben, über sie zu verfügen, und ich kann mich dieser Macht unmöglich entledigen. Eine selt-

same Macht, die meine Glaubwürdigkeit zerstört. Läge ich ihr zu Füßen als der niedrigste und ergebenste Sklave, begegnete ich ihr mit der größten Aufrichtigkeit, sie würde darin nie etwas anderes sehen als ein Spiel, das ich jederzeit aufgeben kann.
Könige machen sich Gedanken um die Aufrichtigkeit der anderen. Muss ich mich auch um die ihre sorgen?

*Am elften Tag des Rabi II*

Mitternacht war vorüber, aber es war noch sehr warm. Ich hatte mein Schlafgemach zusammen mit Jadiya verlassen, um am Belvedere kühlere, sich regende Luft zu genießen. Manche der Frauen, die dort waren, schliefen, die anderen stützten sich mit Ellbogen auf das Geländer und träumten in der endlos weiten Nacht. Ich lag zwischen ihnen und hatte einen Moment den Duft von Amber und Nelken genossen, der sich mit ihren weiblichen Gerüchen vermischte. Dann war ich eingeschlafen. Warum hat der Allmächtige diese begnadete Stunde mir nicht für immer festgehalten!
Ich wurde von einem Schrei geweckt. Eine Dienerin kam herbeigelaufen, schreiend vor Angst. Nachdem sie die Stufen heraufgekommen war, wandte sie sich an die Frauen,

die im Halbdunkel verborgen waren: Das Unglück war unter ihnen. Man war dabei, den Sultan zu ermorden.

Jadiya rief aus:

»Was sagst du da? Unser Herr ist hier!«

Die Sklavin wollte es nicht glauben; sie schwor, dass Männer mein Schlafzimmer aufgebrochen hätten und darin gekämpft wurde.

Einen Moment dachte ich daran, mich nicht zu bewegen, mich damit zu begnügen, auf den Tod zu warten. Die Idee, mich fallen zu lassen, bewirkte ein angenehmes Gefühl in Bauch und Beinen. Man hätte meinen können, Satan flüsterte mir dieses Vergnügen ein, um mich ins Verderben zu führen. Ich fand mich glücklich mit meinem Schicksal ab. Ich war bereit, dieses lustvolle Loslassen mit meinem Leben zu bezahlen.

Mir war noch etwas von der Trunkenheit des Schlafes geblieben. Oder vielleicht war es Gott, der in mir seine Weisheit oder seinen Frieden wachsen ließ …

Wenig später sprang ich auf, die Dienerin war bestürzt. Vergeblich bedrängte ich sie mit Fragen. Sie hatte von meinen Mördern nichts gesehen oder gehört. Nur die Eunuchen und die aufgeregten Frauen hatten ihr von den Ereignissen berichtet und sie gebeten, die Leute auf dem Belvedere zu warnen. Da ich nicht wusste, wo die Gefahr lauerte, riet ich meinen Gefährtinnen zu bleiben, wo sie waren. Da ich

als einziges Kleidungsstück ein Nachtgewand trug, ging ich die Stufen hinunter und an der Galerie entlang.
Meine Leute waren offenbar geflohen und hatten sich in Sicherheit gebracht. Ich spitzte die Ohren, hörte aber nichts als Eulen in der Ferne, deren Schreie sich in der schwarzen Wärme verloren. Ich litt darunter, dass ich keinen Schutz bei mir hatte, und wünschte mir nichts mehr als eine Pluderhose und ein Schwert. Mir schien, als sei um mich herum nur das Nichts: keine Kleider, keine Waffe, kein Geräusch, keine Feinde – hinzu kam noch die Leere der Nacht.
Ich gelangte bis zur Tür und stieß sie auf. An der Wand brannten Laternen. Ich ging die sechs Schritte durch den Gang und erreichte den Quergang. Rechter Hand führte er zu meinem Gemach.
Da hörte ich dumpfes Aufeinanderschlagen. In der Ferne wurde mit Säbeln gekämpft. Der Klang kam aus zwei verschiedenen Richtungen, die schwer auszumachen waren. Dann kamen eilige Schritte hinzu. Der Lauf wurde so schnell, dass ich keine Zeit hatte, mich zu fürchten. Vor mir tauchte ein Eunuch auf. Mein Anblick erschreckte ihn zutiefst. Vielleicht hielt er mich nur für das Gespenst des Sultans.
Ich ließ ihm keine Gelegenheit, sich von dem Schrecken zu erholen.

»Was ist los?«

»Herr, Gott möge dich schützen! Leute sind gekommen, um dich zu töten.«

»Wie viele?«

»Ich weiß es nicht.«

»Wo ist mein Sohn?«

»Bei den Frauen, die sich in die Gemächer auf der Nordseite zurückgezogen haben. Die Königin hat mich gebeten, Hilfe zu holen, aber ich stieß auf fünf oder sechs Verschwörer, die mit der Garde kämpften, und ich hatte Angst, dass sie in meine Richtung fliehen.«

»Wo ist Sabir?«

»Ich weiß es nicht. Sie haben vor deinem Gemach gekämpft. Ich hatte Angst um den Mamelucken.«

»Gib mir deinen Dolch … Und auch deine Pluderhose.«

Er reichte mir seinen Gürtel mit dem Dolch und seine Beinkleider. Jetzt waren nur noch meine Füße nackt. Ich war bereit, dem Tod ins Auge zu sehen.

Ich lief allein weiter durch den Flur im Obergeschoss. Durch die Fensteröffnungen, die auf einer Seite auf den Riyad hinausgehen, konnte ich nichts sehen. Es lag nicht an dem hölzernen Gitter, sondern an der Dunkelheit der Nacht, in die alles getaucht war. Da hörte ich von unten das Geräusch von Sandalen und das Reiben von Stoff. Dort unten liefen fünf oder sechs Leute, die keinen Laut von sich gaben. Vielleicht Frauen, vielleicht Diener. Dann wurde es still. Wenig später wieder Rennen, diesmal waren es Stiefel, im Rhythmus heftigen Atmens. Mitten im Hof machten die Stiefel Halt, und ich hörte nur noch eine Kehle, aus der ein pfeifendes Geräusch drang. War dort jemand vor Erschöpfung außer Atem oder aus Zorn? War es der Atem eines Fliehenden oder der eines Verfolgers? Ich wusste nicht, wofür ich mich entscheiden sollte. Ich stellte mir rotes Fleisch an der Kehle vor, von Zuckungen geschüttelt. Ich hatte mich von den Fenstern zurückgezogen und stand reglos da, ohne zu wissen, ob von unten Augen meinen Schatten im Schein des Flurs erkannten oder ob sie in der Dunkelheit einen Ausgang suchten. Wieder rannten unten die Stiefel vorbei, dann verschwanden sie. Ich zog den Degen aus der Scheide und ging zu meinem Gemach hinüber.

Ich erreichte es durch die kleine Tür, die ich die Tür der Frauen nenne. Hinter der anderen, durch die man zu den Bädern und Höfen gelangt, war Sabirs Platz. Ich trat ein. Das Zimmer war dunkel, die große Tür stand offen. Ich sah auf dem Boden Wäschebündel. Ich richtete den Blick darauf, dann durchquerte ich das Zimmer, ohne einen Hinterhalt zu fürchten. Ich war auf halber Höhe angekommen, als mein Fuß gegen eine Hand stieß.

Ich hätte nie gedacht, dass ich mich eines Tages wegen einer weichen lauwarmen Hand erschrecken würde. Nicht das schleimigste Tier hätte bei mir einen so heftigen Sprung zur Seite verursacht. Mein Herz klopfte, ich zitterte an allen Gliedern und wagte es nicht, mich zu bewegen, aus Angst, noch weitere Körperteile zu berühren – denn da ich nicht in der Lage war herauszufinden, ob diese Hand mit einem Körper verbunden war oder nicht, fürchtete ich, überall auf dem Teppich verstreute Leichenteile zu finden. Vorsichtigen, leisen Schrittes gelangte ich bis zu der großen Tür. Die Wäschebündel waren Leichen. Es waren drei, stark mit schwarzem Blut beschmiert. Keiner von ihnen war Sabir. Vor mir lagen drei Verschwörer, deren Vorhaben der Mameluck vielleicht mit der Hilfe von Wächtern vereitelt hatte.

Aber wo war mein Mann? Eine plötzliche Vorahnung veranlasste mich, das Schlafgemach zu betreten. Gegen meine Angst ankämpfend, tastete ich mich mit Händen und Füßen vorwärts. Ich stieß auf ein Bein, ergriff es und zog den gesamten Körper nach draußen. Da sah ich Sabir vor mir, von oben bis unten besudelt, zerhackt, zermetzelt bis auf die Knochen, schwarz von all dem Blut, das aus ihm herausgeströmt war. Ich segnete seinen Körper und spuckte auf die anderen. Dann wurde mir von dem Geruch all dieses Bluts und der herumliegenden Eingeweide übel, und ich ergriff das erstbeste Schwert.

Der Lärm der Kämpfe kam, wie mir schien, aus den beiden Höfen und vielleicht noch von anderswoher. Ich beschloss, zuerst im Myrtenhof nachzusehen (aber von oben: mich unter die Wächter zu mischen und mit ihnen zu kämpfen wäre eine sinnlose Heldentat gewesen), ich ging an der engen Treppe, die in die Bäder führt, vorbei, schritt über die Tribüne des Ruheraums und betrat hinter schmalen Fluren und Treppen den kleinen östlichen Turm des Segnungssaals. Von dort überblickte ich den größten Teil des Hofes durch die Jalousie aus Holz.
Im schwachen Schein der an der Wand befestigen Laternen tanzten Schatten. Es waren zwanzig, und ihre Bewegungen waren von Klicken und Keuchen begleitet. Im Becken schwamm eine Leiche; zwei andere lagen auf dem Pflaster. Ich konnte meine Wächter nur mühsam unter den Kämpfenden entdecken. Es gelang mir dann, wenn sie in die Nähe der Laternen kamen und rotes Licht auf sie fiel. Außer diesem Lärm herrschte tiefes Schweigen, als wenn sich der Rest der Welt zurückgezogen und die Nacht dem Werk des Todes Raum gelassen hätte.
Zwei Schatten unterbrachen den Kampf und flohen, doch ihre Gegner verfolgten sie sogleich. Die Gruppe verschwand in Richtung Mechouar. Kampfgeheul ertönte in allen Fluren, von Schreien gefolgt. Später taten es ihnen andere Schatten nach, sie wählten den Eingang zu den Bädern oder den

Schlafgemächern. Schließlich verschwanden alle Kämpfer und hinterließen nur Tote und einen Verletzten auf Knien, der seine Hände auf den Bauch hielt und so weit nach vorn gebeugt war, dass sein Kopf die Erde berührte. Ich verließ meinen Aussichtspunkt. Ich wusste nun, dass meine Leute sich dieser Hand voll Mörder bemächtigen würden. Ich verspürte weder Angst noch Zorn, ich hatte nur das Bedürfnis zu beten, um mich von dem schrecklichen Hass reinzuwaschen, den mir meine Feinde entgegenbrachten. Wer waren sie? Wer hatte sie bewaffnet? Wer hatte ihnen geholfen einzudringen? Ich dachte über keine dieser Fragen nach. Ich war ganz und gar beeinträchtigt von dem furchtbaren Schmutz, den scheußlichen Darminhalten, von denen die Welt plötzlich besudelt war.

Ich nahm nicht denselben Weg zurück. Ich ging zum Westturm oberhalb des Segnungssaals und nahm eine andere Treppe. Ich wollte schnell einen Betraum erreichen, den beim Mechouar (ich ziehe ihn allen anderen vor, aber ich zögerte, ob ich mich auf die Seite begeben sollte, an der die Kämpfe stattfanden) oder den kleinen, der sich am Eingang des Thronsaals befindet. Als ich am Fuß der Treppe anlangte, ergriff mich ein plötzlicher Schauer, und ich fuhr erschrocken hoch. Ich drehte mich um, mit gezücktem Schwert und Dolch. Man konnte an dieser Stelle kaum etwas sehen, und ich glaube, ich trat einen Schritt zurück, um einen Angriff zu verhindern. Unnötige Vorsicht. Es war nur ein alter Beamter, der sich im Türrahmen versteckte. Er brauchte einige Zeit, bis er mich erkannte, und dann freute er sich sehr, mich wohlauf zu sehen. Ich beauftragte ihn, Erkundungen einzuziehen, und versicherte ihm, dass er nichts mehr zu befürchten hätte.

Da lauschte er und hob einen Finger in die Höhe:

»Aber ich höre, Herr, dass auf dem Mechouar noch gekämpft wird.«

»Willst du mir den Gehorsam verweigern?«

»Bei Gott, nein, Herr! Aber muss dein Kundschafter nicht am Leben bleiben, um seine Aufgabe zu erfüllen?«

»Wo sind die anderen, die wie du im Palast wohnen?«

»Viele sind durch die unterirdischen Gänge geflüchtet.«

»Und du?«

»Durch die Kämpfe wurde mir der Weg abgeschnitten. Und sie schneiden auch alle anderen ab. Man kann sich nicht mehr bewegen, ohne in Kämpfe verwickelt zu werden.«

»Das war vorhin.«

»Möge dich Gottes Gnade überströmen, Herr! Aber mir scheint, dass …«

Ich wollte nichts mehr hören. Ich holte den Alten aus seiner Nische und hielt die feine Spitze des Degens auf die Höhe seiner Nieren. Da ließ er sich überzeugen.

Ich wartete, bis er verschwunden war, und lauschte auf

den Lärm ringsum. Irgendwo hörte ich lautes Wiehern, danach Rufe und Befehle. Ich entdeckte, dass die Soldaten und Rebellen vom Palast, dessen Bewohner sie vertrieben hatten, Besitz ergriffen hatten, dass sie ihn als Schlachtfeld benutzten und ich nichts weiter war als ein Zeuge, der nicht beachtet wurde, beinahe ein Eindringling.

Ich machte mich wieder auf den Weg und erreichte den Segnungssaal. Tagsüber halten sich dort Leute auf. Die Leere dort war fremd und schwer, und ich ging mitten hinein, barfuß wie ein Büßer. Unter dem Bogen des Eingangs wurden die Fliesen vom Myrtenhof her in Licht getaucht, das bis zum Thronsaal reichte. Ich sah den schmalen Eingang zum Gebetsraum, in dem eine Lampe brannte. Dorthin ging ich nun durch die Mauern, in die tausendmal unsere Devise eingeritzt ist, die einst König Nasr aussprach: »Es gibt keinen anderen Sieger als Gott.«

Ich hatte mich mit dem Wasser des Beckens gereinigt und ging gerade in den engen Raum, als ich hinter mir Schritte hörte. Er kam von dort, wo ich herkam. Laufen. Stiefel. Freund oder Feind? Ich musste es unbedingt wissen. Die Schritte näherten sich eilig. Ich war bereit. Ich sprang mit gezücktem Schwert vor.

Der Mann muss plötzlich vor der Waffe stehen geblieben sein. Er war jung, glänzte von Schweiß und schwankte. Aus seinem rechten Arm lief Blut bis zu den Fingern und

tropfte. Er hatte kein Schwert, hielt jedoch einen Degen in der linken Hand.
Einen Moment war er erschrocken oder ergriffen. Vielleicht erkannte er, wen er hatte töten wollen. Dann zog er die Schultern ein und gab ein Keuchen von sich, das er bisher unterdrückt hatte. Dies war nur eine kurze Pause, er gab nicht auf. Ich sah, dass sich die Räderwerke seines Geistes verzahnt hatten. Sollte er den Degen ergreifen? Fliehen? Das eine oder das andere, und wie? Er wollte gerade eine Entscheidung treffen und blitzschnell handeln. Da traf ich ihn am Bauch.
Die Spitze drang unterhalb der Rippen ein, in eine Schicht weicher Haut. Der Mann sah aus, als müsse er sich übergeben. Sein Mund stand offen, sein Hals war gedehnt, mit zwei Händen ergriff er die Klinge, beugte sich darüber und riss sie heraus. Und während das Blut über seine Lippen strömte, stürzte er sich mit gezücktem Degen auf mich. Doch seine Kräfte verließen ihn mit den Strömen von Blut, dort, wo das Schwert ihn geöffnet hatte. Er sprang vor, fiel dann gegen mich. Sein Kopf stieß gegen meine Brust, ich stürzte nach hinten, und er fiel auf mich.
Bei dem Fall ist mir nichts zugestoßen. Eine Weile blieb ich liegen und hielt den Mann mit den Armen fest, damit er nichts mehr unternehmen konnte. Da er sich nicht mehr rührte und nicht mehr atmete, dachte ich, aus List stelle

er sich tot. Ich hielt ihn weiter umfasst. Er war brennend heiß und schwer. Ich wurde von seinem Schweiß und vielleicht auch von seinem Blut nass. In seinen stark würzigen Geruch mischte sich der Schnittlauch, den er am Morgen gegessen haben musste, während er an sein Verbrechen dachte. »Warum hegst du Hass gegen mich?«, sagte ich ihm ins Ohr. Ich hatte keine Abneigung gegen ihn. Was mich an ihm abstieß, war allein seine Seele. Auf mir lag ein Körper, jener schöne, für immer unschuldige Gegenstand, in dem Leben ist und der dem ganzen Sein seinen Preis zurückgab und ihn sogar erlöste.

Ich spürte mit der Kraft meiner Hand das muskulöse Fleisch. Es war entspannt. Ich glaubte nicht mehr an eine List; ein Mann, der sich im Zustand der Erregung befindet und den Atem anhält, kann nicht so lange still verharren. Der Druck meiner Hand gab nach, ich glitt bis zu dem Degen, befreite ihn aus seiner Hand und warf ihn weit fort. Die Finger leisteten keinen Widerstand.

Langsam lockerte ich die Umarmung. Der Mann lastete auf mir wie ein Schlafender, sein Kopf lag auf meiner Brust. Meine Hände spürten die Weichheit seines Fleisches und wie dick es war. Sie entdeckten eine Welt, voll forschender Gier. Ich wischte seinen Rücken mit dem Stoff seiner Tunika ab. Dann zog ich an dem Stoff, hob ihn hoch, zerriss ihn und berührte seine nackte Haut.

## KAPITEL 11

*Am dreizehnten Tag des Rabi II*

Als ich zu Esra ging, nahm ich nicht den Rundweg über die nördliche Mauer. Im Falknerviertel sind wieder Kämpfe ausgebrochen; ihr Widerhall dringt bis zu mir bis an die Mauern: Ich sehe sogar Kampfhandlungen in den Breschen der Straßen und Plätze. Da mich diese Unordnung kaum auf die Anmut eines Körpers einstimmen kann, habe ich den mittleren Weg genommen.

Ich wollte nicht, dass mich mein neuer Mameluck begleitete. Inmitten meiner wenigen Leute in der königlichen Medina (ich trug einen Turban und war einfach gekleidet, sodass man mich nicht erkennen konnte) ging ich allein und ohne Furcht, als ob mich Gott in der Zeit der Berührungen von der Welt und ihren Gefahren fern hielte. Noch mehr als ich seinen Schutz spürte, empfand ich eine berauschende Freude, von Ihm auserwählt zu sein, um Körper aus nächster Nähe kennen zu lernen, Sinn für Seine Kunst zu entwickeln, Seine Werke zu ehren.

Welch gottloser und irrsinniger Traum! Ich war nicht weit

davon entfernt zu glauben, dass Er mir gewährte, sein Komplize zu werden.

Der Jude empfing mich vor dem Gemach und fragte mich eindringlich, ob ich wirklich in der Lage sei, seinem Unterricht zu folgen. Daraufhin war ich höchst irritiert – seine Direktheit überraschte mich. Bei Gott, ich war gewiss in der Lage, denn meine Lust drängte mich. Im Übrigen war ich es allein, der darüber zu befinden hatte.

»Gewiss, Herr«, antwortete er. »Ich dachte nämlich an eine neue Erkundungsweise, die größte Ruhe voraussetzt. Die Gewalt und die Unruhen, die in den letzten Tagen auf dir lasteten, sind Feinde des Friedens in deinem Herzen, und ein unruhiges Herz macht die Hände ungeschickt, zittrig und taub. Wenn das, was links geschieht, sich nicht mit dem, was sich rechts abspielt, vereint, wirst du nichts von dem, was ich sage, und von dem, was deine Finger hören, verstehen.«

Innerlich gestand ich mir ein, dass meine Ungeduld, die in dem Schlafgemach liegende Frau zu sehen und nach Herzenslust zu berühren, heute lebhafter war als sonst und vielleicht auch gröber. Hätte Esra mich nicht mit seiner Neuigkeit verlockt, hätte ich ihn gern aufgefordert, mich diesen Körper ohne Umschweife genießen zu lassen.

»Ich weiß nicht, was du mich zu lehren wünschst«, sagte

ich, »aber wenn ich dadurch noch bessere Berührungen lerne, bin ich bereit, dir zuzuhören.«

Die Frau war blond, von einem Honigblond, das ihrer Haut goldene Schimmer verlieh. Nach dem, was ich sah und was das feine Tuch mich erraten ließ, bedauerte ich bereits die Worte des Juden. In Gedanken war ich schon in den aufgelösten Haaren, an der Zartheit des Bauches, auf der sanften, hellen Brustwarze. Ich betrat die sandige Erde und das sahneweiche Bett; ich glitt auf das glatte, junge Holz.
»Zunächst möchte ich dich bitten, dich auf dieses Kissen zu setzen.«
Während ich mich dort niederließ, tat Esra auf der anderen Seite das Gleiche.
»Breite deine Beine aus, beuge die Knie so und stütze deine Ellbogen darauf ab. So kannst du drei Finger jeder Hand an deine Nase legen, dicht an der Wurzel, die Handfläche auf mich gerichtet.«
Ich nahm diese Stellung ein, indem ich seinem Beispiel folgte.
»Atme langsam. Deine Finger müssen spüren, wie sich deine Nasenflügel im Rhythmus deines Atems heben und senken.«
Da ich es verstand, aus nächster Nähe zu lauschen, rechnete ich damit, dass mir das, was er verlangte, mühelos

gelingen würde. Leider war ich keineswegs konzentriert, sondern eher geneigt, die in der Nähe liegende Haut zu besuchen, als meine eigene zu studieren, und so habe ich nichts gespürt. Dass ich mich darüber ärgerte, half mir kaum. Ich machte mich verärgert auf die Suche, behinderte mich damit selbst, ließ weniger meine Sinne arbeiten als meinen Geist und vertraute ihm die Aufgabe an, an ihre Stelle zu treten, als hätte ich alle Lektionen vergessen.

Die Frau, durch diese seltsame Übung neugierig geworden, sah uns beide mit ihren großen blauen geschminkten Augen an. Ich sah darin das Wasser und die Sehnsucht, während meine Finger sich ungeschickt auf meiner Nase bewegten. Diese wohlschmeckende Verbindung von Sanftheit und Weichheit umgab mich mit ihrem Zauber. Die Seele, die sich in diesen Augen zeigte, war ein heller und schwerer Teich. Und auch der Mund war voll Verlangen ebenso wie der Arm, die Hüfte. Und der Körper, der ganz und gar aus unendlich sanftem Fleisch bestand, war bereit, lastende Kraft ebenso zu spüren wie sanftestes Streicheln.

Ich dachte, dass die Frau vielleicht Haschisch oder andere betörende Kräuter genossen hatte. Ich erkenne darin die Fähigkeit, den Körper geschmeidig zu machen, ihm die Knochen zu nehmen und die Nerven zu erweichen. Seien die Kräuter gepriesen, wenn ich ihnen verdanke, dass sich dieses Wesen mir schon hingab, bevor alles begonnen hatte.

Nachdem meine Gedanken so abgeschweift waren, waren sie mir nicht mehr im Weg. Beinahe plötzlich habe ich es gespürt. Es war zugleich schwach und deutlich: Die Flügel meiner Nase öffneten und schlossen sich mit meinem Atem.

»Ich spüre es«, sagte ich.

»Gut, fahr noch eine Weile fort.«

Ich schob mein Verlangen nach der blonden Frau beiseite und richtete meine Aufmerksamkeit auf das, was ich wahrnahm. Ich atmete regelmäßig, wie Esra es mir beigebracht hatte. Denn bevor er meine Hände unterwies, hatte er meinen Körper unterrichtet und meine Art, Luft ein- und auszuatmen, beeinflusst, mir Stellungen und langsame Bewegungen beigebracht, mit denen ich in mir Atem und Essenzen wirken lassen konnte.

Wenn ich die Bewegung wahrnahm, wollte ich sie mir sogleich zu Eigen machen. Zu oft hatte ich mich während der Stunden zu eiligen Siegen hinreißen lassen. Oft ist das, was man entdeckt und in der Hand zu haben glaubt, nur ein Zeichen, das sich bald in Luft auflöst. Die flüchtige Begegnung mit ihm setzt uns auf seine Spur; man sucht es, es widersetzt sich; manchmal braucht man lange, bevor es einem wieder begegnet, und dann weicht es einem wieder aus. Unsere Sinne sind schlechte Schüler; sie weigern sich, ihr Territorium auszudehnen, und ich wette, dass das, was sie wahrnehmen, nur ein Hundertstel von dem ist, wozu der Göttliche sie befähigt hat.

»Und nun hör auf zu atmen.«

Ich tat, was Esra wollte, und einen Moment lang (war es nicht meine Angst?) verlor ich die winzige Schwellung. Doch zu meiner Überraschung kam sie bald wieder, ebenso deutlich, in einem kaum langsameren Rhythmus.

Ich war verblüfft. Unter meinen Fingern gab es eine seltsame Wellenbewegung, die weder aus meinem Herzen noch aus meiner Brust kam. Es gab noch eine andere Pumpe in mir. Ich wusste nicht, woher sie kam und wo sie sich befand. Ich hatte bisher nichts von ihrer Existenz gewusst; und sicher wusste von dem, was mir heute offenbart worden war, nur eine Hand voll Menschen.

»Gütiger Gott«, sagte ich leise.

Der Jude lächelte, froh, dass sein Schüler in der Lage war, den Preis seiner Offenbarung zu ermessen.

»Der Körper hat Geheimnisse, die weder die Untersuchung seiner Säfte noch eine Sektion je durchdringen könnten. Im Übrigen ist es recht seltsam, dass man herausfinden will, wie das Leben funktioniert, indem man die Toten untersucht. Du hast den Puls des Schädels entdeckt, dessen langsame Wellen sich überall in den Geweben ausbreiten und die überall gefühlt werden können. Deine Finger können es nun. Und mit etwas Übung ist es möglich, sie allerorts zu spüren, Gleichklang und Missklang zu erkennen, Ordnung wiederherzustellen, Krankheiten zu heilen.«

Heilen interessierte mich nicht, sondern diese ganz neue Fähigkeit zu nutzen, um besser die Ufer der Weiblichkeit zu erkunden. Und kaum dass mein Erstaunen über diese Entdeckung abgeklungen war, fragte ich mich bereits, ob ich so einen Weg finden könnte, noch schnellere und größere Lust zu empfinden, und ob Esra bereit war, mich darin zu unterrichten.

Er erriet meine Gedanken:

»Dieses Wissen wird deinen Plänen nützlich sein.«

Ich dachte wieder an das, was er mir manchmal sagt, wenn der Arzt in ihm zum Vorschein kommt: »Man muss den Körper mit dem Körper behandeln.« Ich weiß nicht, ob er unter diesem zweiten Körper einen anderen oder denselben oder beides versteht. Jedenfalls gefällt es mir, den Satz hinzuzufügen, der meinen Absichten näher kommt: Man muss dem Körper mit dem Körper Genuss verschaffen.

Esra zeigte mir die Frau und den Teppich.

»Willst du dich nun an ihr erproben?«

Da kehrte mein Begehren sogleich zurück.

Ich kniete vor dem blonden Haar. Meine Finger, die ich an die Nasenflügel gelegt hatte, horchten jetzt an einer Stelle des Kopfes, die Esra mir gezeigt hatte. Während mich der mit Sandelholzduft vermischte animalische Geruch der aufgelösten Haarlocken faszinierte, betrachtete ich das Gesicht in umgekehrter Richtung mit ungeteilter Faszination. Ich glaubte, im Zug der Unterrichtsstunden hätte ich mich an alles gewöhnt, diese genaue und intensive Vorgehensweise hätte mich ganz durchdrungen (hatte ich nicht Kälte und Gleichgültigkeit gefürchtet, als ich den elenden Bittsteller betrachtete?), aber auch diesmal wieder war mir dieses Fleisch neu, fremd und begehrenswert und gab mir Bestätigung.

Das Gesicht aus umgekehrter Richtung zu betrachten half mir. Wenn man ein Gesicht so ansieht, wird es unlesbar. Die Schönheit, der Charakter, die Laune, die von ihm ablenken, können nichts mehr ausrichten. Es bleibt nur das reine Werk, nur das dreifache Wunder seiner Form, seiner Materie, seines Lebens.

Der Anblick dieses Bildes beschäftigte mich und nicht das, was Esra erwartete. Er hatte zu Recht seine Vorbehalte geäußert. Ich war heute nicht in der Lage, mich so raffinierten Experimenten zu widmen. Und die Frau hatte zu großes Verlangen, als dass ich mich dabei hätte aufhalten können. Ich fuhr fort, hatte aber vor allem lustvolle Gedanken.

Schließlich erregte mich einer von ihnen so sehr, dass ich zu dem Juden sagte:
»Du hast dich nicht geirrt. Heute ist nicht der richtige Tag für so einen Unterricht. Ich will sie berühren wie üblich.«
Und ich fügte hinzu:
»Ich habe einen Wunsch, tu mir den Gefallen und gib mir dein Einverständnis.«
Mit dem Kopf bedeutete er mir, dass meine Wünsche ihm Befehl waren. Da schlug ich vor:
»Berühren wir sie gemeinsam.«

Nachdem wir das Tuch heruntergezogen hatten, bot sich die Frau unseren Händen dar, und bald zitterte der goldene Puder ihrer Haut. Dieser geschmeidige, hingebungsvolle Körper begann sich zu winden, sich regelmäßig in besonderen Krümmungen hin und her zu bewegen. Bald tauchten in diesen Wellen Zuckungen und Wölbungen auf. Kräfte, die durch unsere Hände in diesen Körper gelangt zu sein schienen, wurden stärker und liefen umher, hier und da knoteten, krümmten und dehnten sie die Gefilde zarten Fleisches. Vor Lust dehnte und streckte sich der Körper, manchmal bäumte er sich auf wie ein Wahnsinniger. Die Verrücktheit der Sinnenlust hatte sich seiner bemächtigt, wodurch Frauen sich von allen Fesseln befreit krümmen und drehen und der Erde entrückt werden.

Ich gehörte diesem blonden Körper ganz und gar und pries Gott, dass er ihn in solchem Maß zur Wollust fähig geschaffen hatte. Ich sah nicht mehr zu Esra hin: Seine Distanz störte mich. Ich mochte lieber den offenen Mund und seinen heißen Atem, den verschleierten Blick, die Hände, die nach mir suchten. Ich war bei dieser Frau und schwebte mit ihr empor. Nach diesen Tagen des Hasses und der Hässlichkeit spürte ich die Großartigkeit körperlicher Freuden. Mich überkam Verzückung, ich sah darin Vollendung und Ziel, die Blüte, die einer Pflanze ihre Bestimmung zu existieren und zu wachsen gibt, den Schlüssel, der den Plan des Allmächtigen enthüllt.

Wärme breitete sich in mir aus. Sie erhitzte mir sowohl Seele als auch Körper: Ich war in höchster Erregung und weinte.

## KAPITEL 12

*Am vierzehnten Tag des Rabi II*

Heute Nacht ist Ismail auf meinen Befehl in seinem Verlies erdrosselt worden.

*Am zwanzigsten Tag des Rabi II*

Ich habe alarmierende Nachrichten von der Belagerung Laûchas erhalten. Alle Ausbruchsversuche der Belagerten sind blutig gescheitert, und die Verstärkung, die immer wieder zurückgeschlagen wurde, hat so viele Verluste erlitten, dass es unmöglich wird, sie zu ersetzen. Wie sollen unsere Kräfte, die innen und außen zerfressen werden, über die zehnmal stärkeren siegen, die unsere Stadt ersticken?

## *Am zweiten Tag des Dschamadi I*

Raddân und seine Minister haben alle, die an der Verschwörung teilgenommen hatten, ausfindig gemacht und bestraft. Die Hinrichtungen fanden an Ort und Stelle statt. Ich wollte sie nicht; ich habe die Leute nur gewähren lassen. Von den Verurteilten lebten manche im Palast. Ich habe weder gegen sie noch gegen die anderen die geringste Feindseligkeit, und ich habe nichts als Verachtung für diese harten Unterdrückungsmaßnahmen.

Die Banû Sarraj fürchteten meinen ungerechten Zorn so sehr, dass sie geflohen sind. Ihr ganzes Haus ist verschwunden. In ihrer prachtvollen Residenz an der südlichen Mauer sind nur noch die Katzen übrig geblieben. Ich schwanke zwischen dem Verlangen, sie zu annektieren und zu zerstören. Die drei Deserteure haben mir eine Botschaft hinterlassen, in der sie ihre Loyalität hervorheben und behaupten, sie machten sich Sorgen wegen meiner Berater, und versichern, dass sie allein Angst vor Ungerechtigkeit dazu gebracht hat, ihre Familie in Sicherheit zu bringen.

Es gibt keinen Banû Sarraj, der rein und ohne Makel ist. Diese drei waren loyal, aber nur weil die Umstände es forderten. Diese Männer wechseln ihre Tugenden wie Schuhe, opfern die alten zu Gunsten von neuen, ohne zu spüren, dass sie sich die eine und andere zur selben Zeit zulegen könnten. Ich wette, dass sie schon daran denken, einen Fürsten gegen mich aufzustellen oder sich an die Christen zu verkaufen.

Ich werfe ihnen das nicht vor. Erwartet man von einem Schachspieler Treue, Nachsicht oder Mut? Und ist man nicht noch mehr in seiner Lage, wenn es bei dem Spiel um das Leben selbst geht?

In Wahrheit scheint es mir, dass diese Eigenschaften nur wenig Sinn haben, solange sie kaum ausgebildet sind, und dass der, welcher sie zu besitzen glaubt, nur in geringem Maß über sie verfügt. Was er für ewig hält, wird ihm morgen fehlen; was er unerschütterlich glaubt, zittert beim ersten Windhauch. Er täuscht sich über das, was ihn leitet; er missversteht, was ihn belebt; er weiß nicht, was seine Grundlagen sind und worauf er sich stützt. Wie soll sich dann sein Gegenüber darin zurechtfinden?

Heute mehren sich im Palast die Treuebekundungen wie die Sätze in einer Komödie. Ich mache kaum einen Unterschied zwischen jenen, die daran zu glauben scheinen, und denen, die sich offenbar verstellen. Ich weiß, dass sie alle austauschbar sind.

## *Am dritten Tag des Dschamadi I*

Der Feind bedrängt uns von allen Seiten und scheint sich auf größere Angriffe vorzubereiten. Christliche Truppen, die aus Yaiyan* kamen, haben sich nach der Verwüstung des Landes, das sie durchzogen, Ilbîra** genähert. Die Unseren haben sie aufgehalten und zurückgeschlagen. Zur gleichen Zeit ereignete sich ein Angriff in der Nähe von al-Mariya, und diesmal ist es den Ungläubigen gelungen, eine unserer Stellungen zu erobern: ein Fort, das den Weg nach Westen beherrscht. Von al-Qabra aus wurde durch Ausfälle der Kavallerie ohne Unterlass das umliegende Land ausgeblutet, und dies geschieht weiterhin.

Der Kommandant al-Kabir weiß nicht, wie er unsere zu geringen und erschöpften Truppen zum Einsatz bringen soll. Er verlangt von mir, Söldner zu rekrutieren, aber ich weiß nicht, woher ich sie nehmen soll, und könnte sie auch nicht bezahlen. Außerdem kreuzen christliche Galeeren vor unseren Küsten, um unsere Brüder aus Fes oder Tunis zu hindern, uns zu Hilfe zu kommen (sie scheinen es damit allerdings nicht besonders eilig zu haben).

Raddân und al-Dâya haben mir vorgeschlagen, Verhand-

* Jaén
** Elvira

lungen anzubieten, aber ich weiß, dass sie abgelehnt würden: Der Feind ist entschlossen, uns zu vernichten.
Ich habe den fragwürdigen Alonso Vasquez aus Bracamonte kommen lassen, durch den ich alles über die Opposition weiß, die durch die Thronfolge in Kastilien entstanden ist, und über die Zwietracht, welche die beiden Herrscherfamilien in Sevilla trennt. Wir haben alle gemeinsam die Mittel untersucht, diese Missstimmungen auszunutzen. Aber dabei kam nicht mehr heraus als ein ungewisser Ausgang, und das erst sehr spät.

### *Am vierten Tag des Dschamadi I*

Ich bin mit der Gefangenen in den Garten hinaufgestiegen. Ich wollte ihr gern zeigen, was mir in meinem ganzen Land am liebsten ist. Sie stieg von ihrem Maulesel; ich habe die Wachen aufgefordert, uns allein zu lassen. Die Sonne ging bereits unter. Von der Hitze, die sie tagsüber hat, war nur eine rosafarbene milde Wärme geblieben. Wir gingen durch die Alleen, an Feigen- und Granatapfelbäumen entlang, zwischen Sauerampfer und Fenchel. Wir gingen schweigend im Geruch der Heilkräuter und dem Zirpen der Zikaden. Ich träumte von tiefer Gemeinsamkeit.
Wir blieben stehen, und ich sagte:

»Ich würde dich gern berühren.«
Sie war weder überrascht noch scheu. Ich rechnete damit, dass sie mir sagen würde, sie sei mir ganz ergeben, wie sie es sonst tat. Doch stattdessen sagte sie nur:
»Tu es.«
Da war ich überrascht. Gewiss war ich nicht verärgert, dass sie darauf verzichtete, mir zu erklären, dass sie nicht über sich selbst verfügen könne, aber wie sollte ich ihre Antwort verstehen? Welche Absicht verbarg sich dahinter, welches Gefühl?
Lange Zeit befragte ich ihre Augen, doch sie waren unergründlich. Da dachte ich, dass in Wahrheit alle Augen die Wahrheit verbergen und es falsch ist zu glauben, man könne durch sie bis ins Herz und bis in die Seele blicken.
Ich zögerte, sie anzufassen. Einmal, weil ich noch keine Wahl getroffen hatte: Ihre Hände, ihre Brust und ihr Hals zogen mich gleichermaßen an, alle boten eine andere Befriedigung. Außerdem hatte diese Berührung nur Sinn, wenn die Gefangene sie sich aufrichtig wünschte. Und daran zweifelte ich.
Wie konnte ich es erfahren?
»Hast du Lust darauf?«, fragte ich.
»Ja«, antwortete sie in ruhigem Ton.
Mir schien, dass sie damit eher ihre Bereitschaft zum Ausdruck brachte hinzunehmen, was ich tun wollte.

»Wo soll ich meine Hand hinlegen?«

»Wo du willst.«

Mir gefiel jede Stelle. Aber ich hatte noch Zweifel. Und ich wollte unbedingt eines Tages ihr Herz bloßlegen.

Ich habe sie nicht berührt.

### *Am sechsten Tag des Dschamadi I*

Laûcha ist gefallen. Die Ebene liegt ihnen zu Füßen.

### *Am achten Tag des Dschamadi I*

Sie haben die Obstgärten, Weinberge und Dörfer verwüstet. Meine Villa in Sara steht in Flammen. Eine neue Front hat sich in Elvira entzündet, wohin sie zurückgekehrt sind und wo sie uns belagern. Unsere Truppen sind in der Ebene übel zugerichtet worden. Die zenetischen Reiter sind zu Hunderten umgekommen, und unzählige Soldaten wurden gefangen genommen. Al-Kabir ist es gelungen, mit einer kleinen Schar Männer zu fliehen. Ich habe befohlen, dass die, welche noch kämpften, sich in die Mauern von Gharnata zurückziehen sollten.

Der Feind steht vor den Toren der Stadt. Reiter, die unsere Leute verfolgen, haben sie bis zum Fuß der Mauern gedrängt – wo die Bolzen der Armbrustschützen ihre Ränge ausgedünnt haben, bevor sie sie in die Flucht schlugen.

## *Am fünfzehnten Tag des Dschamadi I*

Von Norden bis Süden sind feindliche Truppen mit großer Verstärkung vor unseren Mauern aufmarschiert. Ilbîra wurde erobert, und bestimmt wird bald neue Verstärkung kommen.

Es heißt, dass in der Ebene, nur zwei Meilen von hier, ein Königslager errichtet wurde. Auf einem Bett von Asche. Manche unserer Leute sind über die Berge geflohen: ein paar hundert Bürger, über Pässe, die der Feind nicht kennt. Ein paar Dutzend Untertanen, die im Palast wohnen, haben einen unterirdischen Stollen gewählt, der oben in den Gärten endet. Viele meiner Berater sind nicht mehr aufzufinden. Wo mögen sie jetzt sein? Und in welcher Begleitung?

Die Auseinandersetzungen im Falknerviertel sind beendet. Angesichts der Bedrohung durch die Christen haben sich die Aufständischen mit der Regierung zusammengetan. Überall in Gharnata versammeln sich die Menschen, um zum Allmächtigen zu beten. Doch man trifft sich auch zu weniger frommen Handlungen. Einer der Kommandanten der Ungläubigen wurde während der Kämpfe gefangen. Er ist nicht bis ins Gefängnis gelangt. Sein aufgespießter Kopf wurde durch die Stadt getragen und dann auf den Zinnen des Ziegelmachertors aufgepflanzt.

Heute am frühen Morgen bin ich in die Kasba gegangen. Die Garnison ist nervös, sowohl Männer als auch Pferde, die wiehernd und in den Ställen scheuen, als stünde ein Erdbeben bevor. Ich habe einer Abteilung befohlen, die Verteidigung der Mauern zu verstärken. Die Palastmauer ist nicht bedroht, im Gegensatz zu den Stadtmauern, die außerdem an verschiedenen Stellen brüchig sind.
Dann ging ich in Begleitung des Kaid ibn Abbad auf die Spitze des hohen Aussichtsturms.
Richtung Westen habe ich mir durch die Zinnen zunächst die Unterstadt angesehen. Dort schien Frieden zu herrschen. Sie lag seit einiger Zeit im Sonnenlicht und warf lange blaue Schatten. In der reglosen staubigen Luft sah ich zu meiner Linken die Töpfervorstadt und das jüdische Viertel; vor mir den Fluss und die fünf Brücken, die Madrasa und die große schimmernde Moschee unweit des Sandgrubentors, dann zur Rechten die Medina, auf der ich mich früher so gern unter die Kunden gemischt hatte; dahinter der Hügel des Tränenbrunnens mit seinen Gärten, Zypres-

sen und großen weißen Häusern, in der zitronengelben Helligkeit des Morgens. Ein strahlender Tag begann, an dem die Stadt mit allzu viel Licht gesättigt werden würde. Man konnte darin nichts von ihrem Unglück sehen; es sah aus, als könne man dort für immer ein elegantes und heiteres Leben innerhalb der schönsten Gerüche führen.

Jenseits ihrer Mauern und fast ohne ihr Wissen lagerten die Soldaten. Hunderte von Männern und Pferden, die unsere Erde durchwühlten, Eisenwerk und Hufe in unsere Gärten und unsere Wiesen bohrten, unsere Gehege und weißen Häuser verschmutzten. Diese Wolke von Insekten, die in unsere Felder eingefallen war, erregte Übelkeit in mir. Aus der Entfernung von über einer halben Meile glaubte ich den Rauch der Feuer zu riechen, die sie entzündeten. Ein unerträglicher Aasgeruch wie in einem Schlachthaus strömte mir entgegen.

Mein Blick richtete sich in weitere Ferne, goldener Nebel bedeckte die Ebene. Auch hier erhoben sich Rauchschwaden, doch diese drangen aus verbrannten Ruinen. Der Feind vollendete sein Zerstörungswerk. Unter dem sanften Dunstschleier konnte man glauben, Obstgärten und Weinberge, Brombeerhage und Bienenstöcke, Mühlen und Olivenhaine seien noch unversehrt. Doch der Wind der Barbarei, das wusste ich, hatte alles getan, um nichts übrig zu lassen. Ich sah in Gedanken ebenso viel, wie ich in

Berichten über Plünderungen und Tötungen hörte. Mein Geist stellte sich den Galopp der Pferde vor, die Schreie der Reiter und die jener, denen man den Bauch aufschlitzte. Er stellte sich vor, wie ein Hühnerhof mit Getöse in Staub und Federn davonflog. Ich hörte die Wut und das Knistern des Feuers in den Heuschobern, das keuchende Gerenne in den Feldern und Bächen, das Summen der Schwerter, die die Luft zerschneiden, den ewig flimmernden Staub, das Feuer und die Schreie und den hämmernden Tritt der Pferde …

Von weitem wirkte die Ebene friedlich unter dem Leichentuch ihres goldenen Dunstes.

Während ibn Abbad neben mir schweigend die christlichen Truppen und unsere Ländereien betrachtete, die ihnen ausgeliefert waren, dachte ich:

Es gab Licht, doch jetzt herrscht Dunkelheit. Dort war unser Leben, und jetzt kommt der Tod.

## KAPITEL 13

*Am achtzehnten Tag des Dschamadi I*

Der gesamte Körper aus festem Fleisch und runden Formen war mit solcher Sorgfalt präsentiert, dass sich seine Linien dem Auge in aller Klarheit darboten und man daran nicht die kleinste Änderung hätte vornehmen können, ohne das Gesamtbild zu zerstören. Diese Sicherheit der Form – dem Ewigen sei ihretwegen Ehre erwiesen – war eine gute Voraussetzung, sie zu würdigen.

Ich roch den Duft von Moschus. Die Haut war kühl und ohne Schönheitsflecken, auf dem Kopf trug sie geflochtenes tiefschwarzes Haar. Ich habe das Gesicht vergessen, außer den breit umrandeten, dunkel glänzenden Augen. Sie wichen nicht von mir und hätten mich gewiss verwirrt, hätte ich darin nicht von Anfang an Verlangen und Einvernehmen gelesen. Die Frau war gänzlich entblößt. Als ich an ihrer Seite niederkniete, hatte sie selbst das Tuch zurückgeschlagen, das sie von den Füßen bis zu den Hüften bedeckte. Die Schamlosigkeit dieser Bewegung hatte mich überrascht – und meine Sinne entzündet.

Hatte ich eine Kurtisane vor mir? Hatten die Umstände Esra gehindert, unter den üblichen Frauen auszuwählen, und ihn gezwungen, auf jene zurückzugreifen, die käuflich sind? Ich suchte nach Hinweisen, um dies zu erfahren, und natürlich fand ich keine, denn, bei Gott, nichts unterscheidet eine nackte, schweigende und reglose Kurtisane ohne Schmuck von jeder anderen Frau. Außerdem brauchte ich einen gelehrigen Körper, und ich hatte nichts dagegen, dass sie mir die Lust nur vortäuschte, solange die Illusion aufrechterhalten wurde …

Ich nehme diesen wenig ausgewogenen Gedanken zurück; Kurtisanen sind zu Genuss und Wahrhaftigkeit fähig. Das weiß ich. Ich weiß es, seit der junge Prinz, der ich einmal war (der sich aber vor ihnen verbarg), sie in ihren Alkoven beobachtete. Sie zu echtem Vergnügen zu bringen war eine ritterliche Herausforderung. Meine Niederlagen werteten meine Siege auf, und ich war stolzer auf solche Siege als auf jene, welche ich ohne Aufwand errungen hatte. Sie regten mich auch viel mehr an. Ich hatte das Gefühl, geheime Tore geöffnet zu haben, in tiefe Nischen vorgedrungen zu sein, die umso kostbarer waren, als sie verboten und verhüllt waren.

Ich legte meine Handfläche auf ihren Bauch. Sie zitterte. Oder besser gesagt, sie hielt eine Bewegung des ganzen Körpers zurück. Ich spürte, wie ihr Fleisch meine Wärme mit großer Umsicht entgegennahm, wie es Lippen tun, wenn sie einen brennenden Kuss empfangen. Diese Frau war sofort erobert, ohne vorherigen Kampf. Ich rührte mich nicht mehr, sondern ließ sie machen. Ich konnte genug genießen, bevor ich die Dinge weitertrieb. Ich beobachtete ihren hastigen Atem, ich betastete die Oberfläche ihrer Haut, ich lauschte auf die Wirkungen unserer Begegnung und genoss mit den Augen diesen Körper, der durch meine Hand festgenagelt schien.

Als ich meine andere Hand nah an die erste legte, brachte sie die gleiche Wirkung hervor. Ich war von dieser prompten und lebhaften Erregung überrascht. Doch ich konnte nicht glauben, dass es sich um eine Täuschung handelte. Ich beobachtete nämlich, dass sie sich in sich selbst zurückzog, was das Gegenteil von Zurschaustellung ist, und bei ihrer Erregung zeigte sie so viel Einvernehmen, als habe sie das Spiel sogleich erkannt. So blieb ich gern bei dem Glauben an ihre Aufrichtigkeit.

So kam ich von der Idee, dass es sich um eine Kurtisane handelte, ab. Sie war es nicht, doch unschuldig war sie ebenso wenig, und vielleicht hatte sie sogar Esras Kunst der Wollust schon kennen gelernt.

Ich berührte ihren Bauch, bemüht, nicht selbst der Faszination anheim zu fallen. Vor Betreten des Schlafgemachs hatte sich der Jude gewünscht, dass ich mich in seine Hände begab, um meinen Geist und meine Nerven zu beruhigen. So war ich nun eher abwesend als erregt. Es hatte mir sehr gut getan. Jetzt widmete ich mich ganz diesem würzigen und warmen Körper, überzeugt, mich im Zentrum des Lebens zu befinden.

Ich habe mich an der prachtvollen Sanftheit gesättigt. Denn es gibt keine richtigere, edlere und mehr Vergnügen bereitende Weichheit als am Bauch. Und wenn man auf dem Körper einer Frau ruhen soll, findet man dort die beste Stelle. Dies ist kein Zufall, denn er ist ja das Nest, aus dem wir kommen; und man weiß seit jeher, wie angenehm es ist.

Ich war im Zentrum dieser Frau und damit an ihrem intimsten und tiefsten Ort. Sie spürte es. Ihre Lust legte sich um meine Finger wie ein Bad aus warmem Balsam. »Man dringt durch Streicheln ein.« Wieder einmal wurde mir bewusst, wie zutreffend diese besondere Wahrheit ist und welche Wirkung sie hat. Das füllige Fleisch in meinen Händen war wie Marzipan im Mund, das ich nicht hätte kauen dürfen. Ich näherte mich der Lust dieser Frau und ihrer Erfüllung, geschwächt von den Seufzern, dem Zittern und der Berührung ihrer Handfläche, die auf meinem Knie lag.

Ich habe mich auf den Pfad begeben, der zu dem schwarzen Flies beim Nabel führt. Ich habe die Orte, die an ihm liegen, besucht, Feuer neu entfacht, Ströme belebt. Ich war in dem »Zinnoberfeld«, wo, wie Esra sagt, die ursprünglichen Kräfte wohnen. Ich spürte dort vor allem die Sanftheit, die puderige und zarte Haut, den Abhang, der sich der Hand anpasst. Eines Tages muss Abdûn den Bauch preisen, den der Tänzerinnen, der so eng zu den Einschnitten an der Taille gehört, den Bauch der jungen Mädchen, der zwischen den Beinen liegt, den Bauch, der ruht, und den, der sich strafft, den, der sich gegen den anderen drängt, und den, der schnell atmet und von Schweiß glänzt …

Ich begann den Beinansatz zu berühren, oberhalb der Falte. Die beiden durch das abgeholzte Wäldchen voneinander getrennten Ufer fingen sogleich Feuer. Die Frau erzitterte; ihre Handfläche hielt mein Knie fest. Erwartete sie, dass ich zwischen ihre Schenkel glitt? Sie öffnete sie nicht und schien auch nicht bereit, es zu tun. Vielleicht wusste sie, dass dies nicht mein Weg war. Vielleicht kannte sie den Geschmack und die Stärke des Glücksgefühls, das Esra hervorbringt, und brauchte es nicht.

Ich vermutete, dass der Körper dieser Frau in der Kunst des Juden ausgebildet war, dass vielleicht sie sie ihm beigebracht und ihn für das kunstvolle Berühren empfindsam gemacht hatte, dass sie ihn gelehrt hatte, wie man sich ganz und gar an dieser Lust laben kann.

Ich hätte mich über ein so fein gestimmtes Instrument

freuen sollen. Aber ich war von ihrer starken und berauschenden Lust irritiert. Ich fürchtete den Nachgeschmack. Würde dieser allzu freie Körper mich nicht plötzlich abstoßen?

Ich warf Esra einen Blick zu. Er schloss nur die Augenlider, verstand meine Gefühle nicht und war sicher nicht in der Lage, so etwas zu empfinden. Danach wandte ich mich der Frau zu und sah in ihren Augen ein aufregendes Feuer. Mein Argwohn war wie weggefegt.

Ich fuhr hinauf bis zum Bauchnabel, dem Zentrum des Zentrums, den der Jude »Bastion des Geistes« oder »Radnabe« nennt. Dieser war ein dunkler Brunnen ohne Rand, wie der Kelch der Blumen, die Lebewesen fangen. Ich berührte den Eingang dieser Öffnung.

Der geheime Atem meiner Hand ist in seine Tiefe vorgedrungen und hat sich dort ausgebreitet. Ich tränkte diesen prachtvollen Körper. Ich besaß die Macht jener Schnur, die ihn hervorgebracht hatte, und warf in den Brunnen ein Manna, das ihn mit dem Gewürz der Lust überflutete. Sie empfing es, als sei sie von einer Krankheit befallen und bemühe sich, den Schmerz zu zügeln. Aus ihrer Kehle drang ein langer Seufzer, dem das Schlagen ihres Herzens eine Wellenform gab.

Als ich beobachtete, wie sorgsam sie ihr Lustgefühl wieder zu sammeln suchte, sagte ich mir: Nicht aufhören! Sie aus

nächster Nähe umarmen! Wenn ich einen zu scharfen Blick auf die Frau mit der starken Sinnlichkeit gerichtet hätte, hätte ich vielleicht die Lust verloren. Manchmal genügt ein Nichts, und das Verlangen verschwindet. Dann bleibt von dem Wein, von dem man trunken wurde, nur die Hefe.
Im Übrigen schlummert in den körperlichen Spielen der Überdruss ebenso wie die Hefe im Wein. Manchmal führen Spiel und Hunger nahe zu ihr; manchmal stößt sie die Begeisterung zurück. Ist es nicht so, dass der Überdruss mit der Lust zusammenhängt wie der Ekel mit dem Appetit? Dass sie ein Maß und einen Grund vorgibt, ohne die das Fass nicht gefüllt werden könnte?
Ein seltsames Maß, das sich so ändern kann, je nachdem, mit was für einem Körper man zu tun hat. Ich kenne welche, die sich jede Kühnheit erlauben können, und andere, die bei der kleinsten Abweichung verloren sind. Hier haben weder Jugend noch Schönheit das Sagen, sondern ein unbekannter Meister, der Menschen Dinge gestattet oder sie in Ungnade fallen lässt, von äußerst launischem Temperament und jeden Augenblick in der Lage, seine Meinung zu ändern.
Lange Zeit dachte ich, bei Frauen setze der Überdruss eher ein als bei Männern. Die Feinheit und Reinheit ihrer Körper schien sie mir von niedrigen und groben Dingen fern zu halten, und ich dachte, sie hätten mehr Mühe, sich daran

zu gewöhnen. Aber so ist es nicht. Im Gegenteil, sie sind toleranter, genau wie gegenüber dem Hässlichen. Ich weiß nicht, wie sie damit zurechtkommen; ich frage mich, ob Gott sie nicht so geschaffen hat, damit sie bereit sind, sich mit dem Mann zu vereinen. Als ich ein Kind war, dachte ich sogar, Essen sei ihrer nicht würdig, und seitdem verstehe ich ihre inneren Vorgänge kaum besser. Doch ich weiß inzwischen, dass sie alle essen und manchmal fleischliches Vergnügen mit unreinen Mitteln suchen und finden.

Ich habe den gesamten Bauch ergötzt und der Frau lange und schöne Klagen entlockt. Ich möchte glauben, dass mein Können und meine Geschicklichkeit daran ebenso großen Anteil hatten wie ihre Veranlagung. Ihre Hand hatte mein Knie nicht losgelassen. Ihre Nägel gruben sich hinein. Ich konnte das Wunder körperlichen Vergnügens gar nicht genug bewundern und tat alles, damit es erhalten blieb.
Mein Geist bewegte sich zwischen Trunkenheit und Frieden. Ich hatte das Gefühl, höchste Wahrheiten zu berühren. Alles, was nicht dieser Körper und diese Freude einer Frau war, erschien mir unwichtig. Ich pries den Herrn, dass er mir die Augen öffnete. Ja, das Wahre war hier! Ich sah es in großer Klarheit, und mein Licht durchdrang es. Noch nie hatte ich eine so edle Macht besessen. Niemals auf so richtige Weise. Nie von einem solchen Wert.

## KAPITEL 14

*Am zwanzigsten Tag des Dschamadi I*

Heute Morgen habe ich, da es mir zu früh für unangenehme Dinge schien, meine Sekretäre, die um eine Audienz baten, fortgeschickt und Abdûn eingeladen, sich mit mir den Freuden des Bades hinzugeben.

Im Ruheraum sprachen wir über Körper und diese Welt, während Ibrahim und der alte Said uns behandelten und mein junger Mundschenk Ahmad unsere Gläser mit Mandelmilch füllte. Die Musik und das fließende Wasser in der feuchten, von Myrrhe und Weihrauch geschwängerten Luft gurrten.

Abdûn brachte mir eine Maxime bei, nach der die Weisheit, als sie auf die Erde herabstieg, zunächst das Gehirn der Griechen, die Hand der Chinesen und die Sprache der Araber durchdrang.

Abdûn ist ein Mann, der Bücher und geistige Höhenflüge liebt. Nicht überraschend, dass er das griechische Denken und unsere Dichtung preist. Sagt Arabî nicht von ihr, dass sie das Archiv der Araber ist und dass die Bewohner von al-Andalus sie deshalb noch vor dem Koran lernen? Ich war nicht überrascht, dass der gute Abdûn, als er von den Griechen sprach, die Weisheit in den Mythen ihres Pantheon sah.

»Diese Mythen erzählen von der Seele«, behauptete er.

Ich wusste nicht, was er damit meinte. Er hat es nur vage und in Frageform erklärt.

Darauf sagte ich:

»Wenn man glaubt, dass die Hand Sinnbild des Wissens ist, muss man sie den Chinesen zusprechen, die von allen Völkern die größten Meister des Wissens sind. Was aber die Zunge betrifft, lieber Abdûn, lange bevor sie die Sprache erlernt, lange bevor sie zum Werkzeug des Weisen und des Dichters wird, befindet sich diese Zunge nicht am Saum des Lebens, ist diese Zunge inmitten des Mundes nicht das erste Instrument des Vergnügens?«

Er lächelte.

»Willst du sagen, Herr, dass die Weisheit des Arabers in seiner Kunst des Vergnügens liegt?«

Er schielte so eindringlich zu Ahmad hinüber, dass ich den Jungen schließlich aufforderte, seine Tunika abzulegen. Er ist tatsächlich sehr schön und hat die Zartheit eines Mädchens. Ich würde mich nicht weigern, Esras geheime Kunst an ihm zu erproben. Ich weiß allerdings nicht, ob die Erregung seiner Haut auch die meine erregen würde.

So feminin er auch ist, ein Ephebe ist meinesgleichen, und von Natur aus habe ich keine Neigung zu ihnen …
Bei Gott! Dabei weiß ich doch genau, dass man am Widernatürlichen ebenso viel Gefallen finden kann wie am Natürlichen. Liegen Gewürze nicht mit dem Honig im Wettstreit? Und sind sie nicht je nach Tag und Stunde manchmal stärker als er?

*Am dreiundzwanzigsten Tag des Dschamadi I*

Als ich mich zu dem Turm begab, in dem die Gefangene wohnte, wehte ein starker Wind. Wie mächtig sind die Berührungen des Herrn und wie unerschütterlich unsere Werke! Von Osten zitterte das Pelzwerk unserer Hügel; ringsum tanzten die trunkenen Zypressen, und alle Sträucher, alles Dickicht und die Bäume rauschten im Geflecht des Windes.
Ich wusste, dass ich von dieser Hochzeit zwischen Himmel und Erde ausgeschlossen war. So geweckt meine Sinne auch waren, mein Anteil daran war lächerlich gering.
Ich wohnte dem großen Spiel bei, ohne dass Gott oder mein Körper es mir gestatteten, daran teilzunehmen. Waren meine Sinne noch so erregt, ich war nichts als ein Elender, von Ohnmacht geschlagen.

Was von der Welt erfassen wir wirklich? Behaupten wir nicht nur, den Genuss einer Feige zu kennen, und haben nie etwas anderes getan, als über ihre Haut zu streichen? Ich bin sicher, dass der Körper ungeahnte Glücksreserven in sich trägt und dass die Trockenheit, unter der er leidet, vor allem daher rührt, dass wir nichts von ihnen wissen.
Die Gefangene war nervös, wegen des Windes, aber auch wegen der Belagerung. Sie sieht die Christen von ihrem Fenster aus und kann umso besser ermessen, wie viel sie von ihnen trennt. Sie hat jedoch begriffen, dass es mich ärgern würde, über sie zu reden, ganz gleich auf welche Weise. Und sie hat beschlossen, mich in einem Zimmer zu empfangen, dessen Fenster auf die einsamen Hügel hinausgehen.
Was sie betrifft, so weiß ich selbst nicht mehr, was ich eigentlich vorhabe. Zeit spielte bislang keine Rolle, aber jetzt drängt sie. Dennoch will ich nicht alle Stufen auf einmal nehmen. Aber welche Stufen überhaupt? Und mit welchem Ziel?
Wir lagen einander gegenüber, halb ausgestreckt auf dem großen Teppich inmitten von Seidenkissen. Ich brannte darauf, ihren Fuß zu küssen, der in einem roten Pantoffel steckte. Ich betrachtete sie schweigend und sah dabei vermutlich töricht aus. Trotz meiner Verzückung und meiner Lust, sie zu umarmen, wusste ich nicht mehr, ob ich sie liebte oder nur so tat. Ich war wie die Kinder, die

Fürchten spielen. Ich konnte von den Gefühlen, die ich mir gewünscht und mir eingepflanzt hatte, nicht sagen, ob deren Früchte aus dem Fleisch des Baumes erwuchsen oder fremde Körper waren.

Und ich spürte, dass die völlige Aufrichtigkeit gegenüber der Gefangenen, wie ich sie mir gewünscht hatte, noch zweifelhafter war, als ich gedacht hatte, und unaufhörlich von Hintergedanken und Berechnung beeinträchtigt wurde.

Ich hatte mit diesen optischen Täuschungen und doppelten Böden nicht gerechnet. War mein eigenes Herz zu kennen genauso schwer wie das dieser Frau zu ergründen?

Ich hatte mir gewünscht, dass sie sich frei fühlte, damit es mir erlaubt war, ihr den Hof zu machen. Ich wollte, dass sie wie eine Herrin über ihre Gunst verfügen konnte, widerspenstig oder fordernd, je nach Laune, mal vielversprechend, mal ausweichend, je nach Verlauf des galanten Spiels. Zuerst spielte sie das Spiel mit äußerster Vorsicht. Dann schien es, als gebe sie sich ihm aufrichtiger hin, sie schmollte sogar und weigerte sich, mich zu empfangen. Da sie sich freier zeigte als sonst, glaubte ich, sie sei aufrichtig. Ich nahm das zweideutige Verhalten, das sie manchmal mir gegenüber an den Tag legte, als Zeichen dafür, dass sie sich ehrlich zu mir hingezogen fühlte, und vergaß, dass selbst dieses Gefühl nachgeahmt werden kann. Ich habe diese Vermählung von

Komödie und Wahrhaftigkeit gewollt; jetzt verliere ich mich darin. Doch der Versuch, Klarheit zu schaffen, würde bedeuten, die Konventionen zu gefährden.
Ich versuchte es auf Umwegen und fragte sie:
»Wärest du in der Lage, so zu tun, als liebtest du mich?«
Sie brauchte eine Weile, bis sie mich verstand, und dann antwortete sie schließlich:
»Erwartest du von mir, dass ich dich täusche?«
»Diese Art gefällt mir.«
Mein Gott, welches Feuer entfachte da ihr Blick in mir!
»Herr«, sagte sie, »ich bin deine Sklavin.«
Hundertmal hatte sie diesen Satz ausgesprochen, aber nie mit so viel Leidenschaft in den Augen.

Sie waren fünf: Shams, Qamar, Muzna und die beiden Sklavinnen, die Tänzerinnen waren. Der Tag war brennend heiß gewesen. Ich kam von einem ausgiebigen Bad in kühlem Wasser. Als ich mich dann in ihrer Begleitung auf meinem Lager befand, war die Hitze sogleich zurückgekehrt. Meine Hände glitten nicht über ihre feuchte Haut, und ich wollte mich auch nicht gerne an sie lehnen.
Nur ihr Atem war frisch und roch nach Nussbaumwurzel. Ich hielt meine Nase daran, näherte mich einer jeden, um an ihr zu riechen, zu lecken und sie zu küssen, ohne sie sonst irgendwo zu berühren. Bald ahmten sie mich nach.

Und dieses Spiel mit dem Mund, dieses Stupsen mit Lippen und Zunge ohne andere Berührung hat uns bald in heftige Erregung versetzt. Sie taten es untereinander ebenso wie mit mir, und alle achteten darauf, sich nirgendwo sonst nahe zu kommen. Ich schloss die Augen und versuchte zu erraten, wem diese sanfte und feuchte Haut oder diese Zähne gehörten, die mich berührten. Manchmal waren es zwei Münder auf einmal, die zu mir kamen, oder ich näherte mich ihnen. Neue Varianten kamen hinzu: Küsse kopfüber, gieriges Saugen von Lippen. Auf den Gesichtern verbreitete sich der animalische Geruch des Speichels. Köstlichkeit erzeugt Köstlichkeit.

Es geschah, dass mich drei Münder auf einmal besuchen wollten. Der Platz reichte nicht aus; so mussten sie sich mir der Reihe nach nähern. Während sie warteten, haben sie ihr Werk zu den Grenzen ausgedehnt. Dies gefiel ihnen, und sie forderten die anderen auf, ebenfalls ihren Honig zu saugen. So wurde mein Gesicht vollständig abgeleckt, sogar das Innere meiner Ohren; dann meine Arme und Hände, während die Schwesternzungen sich über meine Füße hermachten. Die einen fuhren hinauf, die anderen nach unten. Ihr Weg war lang und kurvenreich bis zu meinem Mittelpunkt, zu dem sie das Klopfen meines angesammelten Blutes führte. Noch nie wurde eine lustvolle Qual auf so lustvolle Weise beendet.

## *Am fünfundzwanzigsten Tag des Dschamadi I*

Als ich an jenem Abend aus dem Garten zurückkehrte, kam Raddân mir entgegen. Seine Besorgnis wird jeden Tag größer. Seine Beunruhigung und seine Anstrengung zeichnen sich auf seinem Gesicht ab. Es ist eingefallen und glänzt von ungesundem Fett.

Mit gebrochener Stimme teilte er mir mit, dass al-Kabir mit hundert Männern in Gefangenschaft geraten und nach Qurtuba gebracht worden ist.

»Wir sind verloren«, sagte er und fügte hinzu, er wisse nicht mehr, wie er neue Truppen ausheben sollte, dass wir nicht mehr mit einer Unterstützung durch Malaqa* oder unserer Brüder jenseits des Meeres rechnen könnten. Danach erzählte er mir sogleich von den Schwierigkeiten in der Stadt, von einem Ausbruchsplan, von Waffenstillstandsgesprächen und zehn anderen Angelegenheiten, ohne dass ich ihn dabei unterbrochen hätte.

Er ging neben mir her. Wir näherten uns dem Palast. In der Luft lagen die Düfte der Nacht. Ich sagte ruhig:

»Raddân, kennst du das Gedicht von ibn Luyûn, in dem er unsere Gärten beschreibt?«

Er sah mich verblüfft an. Ich fuhr fort:

* Malaga

»Weißt du, wir müssen den Dichtern dankbar dafür sein, dass sie uns den Wert der Dinge und unserer Güter offenbaren. Oft erkennt man erst, wie kostbar sie sind, wenn man sie verliert. Und dann ist es zu spät, sie zu genießen. Ich wette, Raddân, dass du die Gärten nie betreten hast und in diesem Palast aus und ein gehst, ohne etwas von seiner Pracht zu bemerken. ›O Einwohner von al-Andalus! Der Garten der Glückseligkeit ist nirgendwo als in unserem Land.‹ Ich werde dir jetzt ibn Luyun und ibn Khafâja ersparen …«

»Herr …«

»Aber ich will, dass du weißt, wie diese Mauern zur Ehre Gottes gebaut wurden, bevor du um sie weinst.«

Erst sträubte er sich, doch dann gab er nach, weil ich ihm keine Ruhe ließ. Ich schickte meine Wachen fort, und dann besuchten wir gemeinsam alle Säle und Höfe.

Ich habe vergessen, was ich ihm im Einzelnen zu dem Stuck, der Keramik und den Decken gesagt habe. Jedenfalls habe ich mich bemüht, ihm die Großartigkeit der Geometrie zu schildern, die allein in der Lage ist, hier auf Erden die Reinheit des Himmels und die edle Verflochtenheit seiner Befehle sichtbar zu machen. Wenn man Zahlen kombiniert, öffnen sie sich zur Unendlichkeit; wiederholte Motive erregen Schwindel; die Himmel unserer Verzierungen sind die Früchte himmlischer Verflechtungen, die zugleich zufällig und notwendig sind. Darin liegt das Wunder. Die Figur wird fruchtbar, vervielfältigt sich und bildet Ringe. Nichts Harmloses, nichts Fragwürdiges. Die Zwei, die Drei und die Fünf sind die einzige Wahl des Künstlers. Und wenn diese Linien noch verfeinert werden müssten, wenn die Verschlingungen und das Laubwerk nicht genügen, gibt es noch das kalligraphierte Werk, um den Herrn mit von Menschen geschaffenen Kurven zu grüßen. Unsere Schrift ist von üppiger Sinnlichkeit, und diese Wände preisen die Schönheit der Welt und die Kunst des Allmächtigen voller Lust. »Es gibt keinen anderen Sieger als Gott.« Es gibt keinen anderen Schöpfer. Es gibt keine andere Vollkommenheit.

Wir gingen bis zum Bethaus auf dem Mechouar, von dem aus man einen Blick auf die Stadt und die Lager der Feinde hat. Schweigend betrachteten wir, wie die rosafarbene Sonne erlosch.

Die Stimme des Muezzin erhob sich. In der Ferne erklangen die Glocken der Ziegen. Das sich drehende Rad der Tage enthüllte die Kürze der Ewigkeit. Wir nahmen die rituellen Waschungen vor, und dann begannen wir vor dem Mihrab das Gebet der untergehenden Sonne.

# KAPITEL 15

## *Am ersten Tag des Dschamadi II*

Bevor ich ankam, noch ehe ich das Schlafgemach betrat, gab ich Esra meine Entscheidung bekannt, dass ich bereit war, ihn zu entlassen, und bot ihm an, durch den unterirdischen Gang und über die Bergpfade zu fliehen, wie es hier täglich andere tun, wie vorgestern mein Sohn, Fatima und die Hälfte meiner Frauen. Ich lasse ihm freie Hand, nachher über das Meer zu fahren oder sich den Christen anzuschließen. Er ist ein sehr guter Arzt und wird die Ungläubigen davon mühelos überzeugen, vorausgesetzt, man hegt nicht den Verdacht der Hexerei gegen ihn, der bei diesen von Dämonen geplagten Ahnungslosen so schnell aufkommt. Auch wird er gut beraten sein, seine Kunst der körperlichen Lust gut zu verbergen, damit er nicht auf dem Scheiterhaufen landet. Die Christen missachten das Fleisch und verfluchen alles, was sich ihm unterwirft.

Er verneigte sich.

»Herr, ich gehorche deinen Befehlen. Aber wisse, dass ich bereit bin, in deiner Nähe zu bleiben.«

Ich glaubte ihm und las nicht die geringste Angst in seinen Augen. Man hätte meinen können, dass er von seinem Schicksal wusste.

»In meiner Nähe bleiben?«, antwortete ich ihm. »Aber wo werde ich morgen sein? Und wer wird meinen Platz einnehmen? Weißt du, es ist schmerzlich für mich, meinen Garten zu verlieren, doch mich betrübt noch mehr, dass ich ihn diesen gierigen Eroberern überlassen muss, die nichts anderes im Sinn haben als ihren falschen Glauben und die Gier nach Gold. Das Kruzifix, das sie schwingen, schneidet so scharf wie ihre Lanzen, ihre Augen sehen nur das, was glänzt, ihre Ohren vernehmen nur das, was klingt, und ihr Geist kennt nichts als die brutale und blinde Gewalt, die sich an sich selbst berauscht und alles, was nicht aus ihr hervorgegangen ist, verwüstet. Morgen werden sie mich begraben haben und werden alles, was uns gehört, begraben.«

»Die Menschen bewegen sich oft in der falschen Richtung«, sagte er ruhig.

Einen Moment verweilten wir bei dem seltsamen Lauf der Welt (aber vielleicht ist es natürlich, dass der Fluss anschwillt, je weiter er fließt). Dann habe ich unser Gespräch schnell beendet, denn ich hatte nur noch einen Wunsch: das Schlafgemach zu betreten.

Die Frau war jung und schwarz. Sie lag auf dem Bauch, hatte Oberkörper und Kopf angehoben, eine Wange auf den Handrücken gestützt und ließ trotzig erkennen, dass sie es leid war zu warten. Auf dem Kopf trug sie einen hohen Turban aus rotem Stoff. Ein Tuch aus demselben Stoff umhüllte ihre Hüften.

Sie sah mich prüfend an, als sei ich ein Hengst. Sie hatte ein reines Gesicht mit fleischigen, aufgeworfenen Lippen; ihre Augen und ihr Mund drückten Geringschätzung aus. Ich freute mich schon jetzt auf diesen lianenschlanken Körper, auf die dunkle Haut mit den tausend schimmernden Körnern. Dass sie hochmütig war, missfiel mir nicht, vielmehr machte es sie in meinen Augen noch attraktiver, ohne dass ich wusste, woher diese Verzauberung kam.

Vorsichtig legte ich eine Handfläche auf ihren Schenkel, die andere auf die Schulter. Es hätte mich nicht überrascht, wenn sie sich zurückgezogen hätte. Aber sie rührte sich nicht. Im Gegenteil, sie senkte die Stirn und gab sich mir bald hin. Ich wette, dass sie erkannt hatte, welches Vergnügen sie erwartete, und sie nahm es an wie ein Säugling, der die Brustwarze seiner Mutter gefunden hat.

Ich begann, sie zu berühren. Sie spreizte die Ellbogen und streckte sich in ganzer Länge aus, den Kopf von mir abgewandt. Ihr hoher Kopfschmuck, der ihre Haare verbarg, ließ sie aussehen wie eine Götzenpriesterin. Im Profil

ihres Gesichts sah ich einen seltsamen Vorsprung am Rand ihres Mundes und die sanfte Linie ihres Nasenlochs. Ich sah ihr Auge, das sich träumerisch in der Ferne verlor.
Dieser Körper, der ohne jeden Putz war, dieser jungfräuliche animalische Leib war ein wahres Vergnügen. Vor den erlesensten Speisen könnte man keinen größeren Hunger verspüren. Er war wie das Email der Weintraube, der Samt der Pflaume, der Glanz des Honigs, wie sämiges Marzipan, hatte die Festigkeit von Olivenfleisch und die Kruste von Roggenbrot, den Saft von Braten und das Herz von Feigen, das Gold von Blätterteigkruste und die Bernsteinfarbe alten Weines, sie war das Manna, das der Ewige den Menschen als Vorgeschmack des Garten Eden geschenkt hat.
Durch die Bräunung der Sonne hatte diese Haut ihre Farben und Aromen entfaltet. Ich roch den Geruch von Zimt, Pfeffer und Ingwer, mit den Augen genoss ich den braunen Balsam, mit dem sie eingesalbt schien, das Ocker des Sumach, die Mohnveilchen und die Dünen von schwarzem Sand, in dem ein zartes Mosaik aus winzigen Kristallen schimmerte. Diese Haut roch nach Wärme; dabei war sie kühl, und meine Finger glitten ohne Mühe über ihren Lack. Sie bewegten sich geschickt und genussvoll, drangen in das Fleisch, wärmten die tiefen Wasser – und erhielten Antwort. Die Frau kam ihnen zuvor, fuhr hoch, reckte sich,

bewegte sich in Wellen, damit sich die Lust schneller in ihr ausbreitete.

Warum hatte ich Esra gebraucht, um zu verstehen, dass Berühren auch Berührtwerden bedeutet? Dass es keinen anderen Sinn gibt, der so fähig ist, zu geben und zu empfangen? Und dass es keine tiefere Vereinigung gibt als die der Haut? Gelobt sei der Jude, dem es gelang, mich darüber aufzuklären! Gelobt sei das Wort, mit dem er sagt, dass die Schale kostbarer ist als der Kern, dass ein hohler Baum besser lebt als ein Baum ohne Rinde, dass das Herz sich außen am Körper aufhält, dass der Scheffel einen höheren Wert hat als das Korn, das man hineingibt. »Durch Streicheln dringt man ein.« Ja. Man muss nur der Oberfläche Herr werden, dann ist einem der ganze Körper sicher. Die Haut ist nicht nur ein Bote, sie ist zugleich Seele und Gedanke. Sie ist selbst Leben, solange es zutrifft, dass es Leben nur durch die Trennung des Inneren und Äußeren gibt.

Esra hat noch viele andere Besonderheiten der Haut enthüllt, und ich kann bestätigen, dass er genug Stoff besitzt, um eine mehrbändige Abhandlung zu schreiben. Allerdings würde das Werk unvollendet bleiben; darin würde das fehlen, was nur mit den fünf Sinnen zu tun hat.

Ein solches Inventar anzulegen wäre eine wichtige Aufgabe, an der man sicher Gefallen finden würde.

Man müsste zunächst alles festhalten, was das Sehen betrifft. Denn manchmal sieht die Haut aus wie eine karierte Oberfläche, geformt wie ein Spiel aus Fayence, manchmal wie Gras auf einem Feld, das in einer Richtung liegt, oder wie ein einheitlicher Sandstrand oder eine Fläche, die so rein ist wie Alabaster oder Ebenholz, wo dann noch die Mulden und Krümmungen hinzukommen, die Falten und Rillen, die endlosen Färbungen, glänzend oder matt, weiß wie Elfenbein oder schwarz mit blauem Schimmer.

Für den Tastsinn würde man ebenso ein Verzeichnis erstellen, von der glattesten bis zur körnigsten Haut, von der weichsten bis zur festesten, von der fetten bis zur trockenen, von der warmen bis zur kühlen, von der entspannten bis zur nervösen, die Zartheit des Flaums und der so verschiedenen Behaarungen nicht zu vergessen.

Auch der Geruchsinn würde seinen Band bekommen, auch der Geschmack, doch es käme besonders darauf an, auch die Sammlung des Geografen einzufügen. Die Haut ist nicht überall gleich; sie hat weder dieselbe Dichte noch dieselbe Leichtigkeit, nicht denselben Geruch, je nachdem ob sie sich an der Schulter, an der Brust oder an der Ferse befindet …

Mir ist die Haut am Bauch am liebsten. Sie ist nicht die zarteste, aber ihr Stoff ist der köstlichste. Ich mag auch manche weniger bekannten Orte wie die Stellen am Fuß zwischen den Sehnen oder unter dem Arm, nahe der Ach-

sel oder am unteren Ende des Schenkels gleich über der Kniekehle. Diese zarten und empfindlichen Stellen laden zur sanftesten Berührung ein, aber sie sind auch geeignet für gierige Angriffe von Mund und Zähnen …
Eigentlich würde dieses Inventar nicht genügen, um die Abhandlung zu ergänzen. Es würde darin das unaussprechliche Geheimnis der Zugehörigkeiten fehlen, und es gibt sicher nichts, was mehr Bedeutung hat.

Ich liebte diese dunkle Haut, die ich in Wallung brachte. Wenn es ihrer Nacktheit an Schamlosigkeit fehlte, da sie verhüllt war von diesem braunen Teint, der wie eine aufgetragene Farbe wirkte, gewann sie an Schönheit, die zunehmend freizügiger und wilder war. Der Unterschied entging mir nicht; durch sie verspürten meine Finger eine erneuerte Erregung. In meinen wieder belebten Augen erhöhte diese neue Haut den Glanz derer, die sich zeigen, derer, die mit den Tieren und Pflanzen vereint sind, die ganz und gar der Sonne, dem Wind und dem Regen und der Berührung der Blätter ausgeliefert sind. Ich kostete diesen natürlichen Körper. In jenem Moment leugnete ich jegliche Anziehungskraft raffinierter Speisen mit ihren erlesenen Zutaten. Ich verspürte die Wahrheit der ursprünglichen Reize, frei von Künstlichkeit, so jungfräulich wie das Blütenblatt einer Rose. Diese Liane machte mir klar, wie hoch das Werk Gottes zu bewerten ist und wie viele Wunder sich darin jenen offenbaren, die in der Lage sind, zu sehen und zu spüren. Mir schien, dass ich vorher blind und irregeführt gewesen war, dass ich nichts als ihrer natürlichen Schönheit beraubte Körper, zu stark fermentierten Wein und durch Gewürze zu scharfes Fleisch genossen hatte. Diese einfache und wahrhaftige Schönheit erschien mir wie ein Wunder, wie der Inbegriff unbekannter Freuden, und die Neuheit meiner Erkundungen entfachte Feuer in mir.

Mit Eifer berührte ich eine Haut, die immer brennender wurde. Ich berührte die Schenkel, die Hüften, den Rücken. Wo ich meine Hände auch hinlegte, das Feuer loderte auf. Wellen liefen über den dunklen Körper. Manchmal von einem starken Beben geschüttelt.

Ich hatte die Kunst zur Vollkommenheit gebracht. Fasziniert entdeckte ich, dass ich sie nun wirklich beherrschte. Was mir monatelang unerreichbar und flüchtig und dem Zufall überlassen erschienen war, plötzlich gehörte es mir. Es war mein Wissen geworden, hatte sich in mir niedergelassen, sich mit meinem Blut vermischt, und ich spürte, dass meine Finger nun für immer inspiriert waren.

Ich wandte mich Esra zu. Er nickte. Er hatte es gesehen und schien zu sagen: »Jetzt kannst du ohne mich auskommen.«

Die Frau stützte sich nun auf die Knie, die Hüften nach hinten, die Arme nach vorn wie tief ins Gebet versunken. Sie bildete ein Hohlkreuz und hatte den Kopf eingezogen. Mit einer heftigen Bewegung lüftete sie das Tuch, das ihre Hüften umgab, und warf es von sich. Ich entblößte ihre oberen Rundungen; meine Finger wollten sie.

Da zog sich der Jude zurück. Ich wusste nicht, warum. Ich war ganz den Freuden meiner Kunst hingegeben und zweifelte nicht daran, dass ich Herr meiner selbst bleiben würde.

Hatte er erraten, was ich noch nicht wusste, oder hat sein Weggang mich hineinstürzen lassen? Als ich von seinem Blick befreit war, ließ ich mich bald von der Welle dieses brennenden Körpers mitreißen. Meine Hände verirrten sich ins Herz des Hinterteils, blieben haften an dem duftenden Harz, und mein ganzes Wesen wurde von dem brennenden Verlangen überflutet, in diese schwarze Haut einzudringen.

## KAPITEL 16

*Am dritten Tag des Dschamadi II*

Es fällt mir schwer, meine Augen zu verbinden. Der Feind vergiftet meinen Geist. Was ich noch genießen kann, was ich mit der größten Schärfe kosten möchte, wird durch seine Gestalt verdorben. Er hat mich schon besiegt, aus allem, dem ich mich nähere, dringt sein übler Geruch. Gestern habe ich Wein genossen, bis ich betrunken war. Nebel ertrank meine quälenden Gedanken. Aber ich will nicht aus Schwäche trinken. Ganz gleich, was der gute Khayyâm sagte, der Wein darf nur dem Vergnügen dienen. »Schenk Wein aus ... die Nacht geht zu Ende ...«

*Am fünften Tag des Dschamadi II*

Der Ausfall von hundert Reitern und zweihundert Fußsoldaten hat nichts anderes bewirkt, als sie zu Gott zu führen. Kaum zwanzig von ihnen sind dem entkommen. Ich weiß nicht, wie hoch die Verluste des Feindes sind, aber

ich glaube, sie sind nur gering. Die Christen sind zahlreich und bestens ausgerüstet: Ihre Artillerie kämpft jetzt außerdem mit neuen Waffen.
Dieser Ausfall war sinnlos, ich wusste es. Ich habe mich geweigert, ihn mir vom Aussichtsturm anzuschauen. Die Bewohner der Stadt haben sich in Massen auf den Mauern versammelt und haben das ganze Gemetzel beobachtet. Ich habe ihren Lärm und ihre Schreie gehört. Dann wurde ich gewahr, wie Schweigen über sie fiel.

Die Stadt hat Hunger und Angst. Sie sieht überall Verräter, besonders bei den Untertanen. Es vergeht kein Tag, an dem nicht ein Jude oder Mossarabe beiseite genommen wird und das schlimmste Schicksal erleidet.
Die Christen haben die Breschen, durch die die Belagerten in die Hügel geflohen waren, ausfindig gemacht und verschlossen. Jetzt ist die Stadt abgeriegelt. Sie geht unter; überall breiten sich giftige Dämpfe aus. Und die fieberkranken Gemüter spielen mit dem Gedanken, ihre Seele zu verkaufen.
Das Volk im Palast erstickt nicht, aber es wird weniger. Tropfen um Tropfen verliert der Körper sein Blut. Ich hindere niemanden daran. Ich habe sogar Raddân nahe gelegt zu fliehen, doch er hat dies weit von sich gewiesen und geschworen, er ginge nur mit mir.

Heute Morgen hat Esra mich verlassen. Beim Abschied hat er mir ein kleines Buch geschenkt. Darin sind ein paar Geheimnisse des Orients verzeichnet, die für meine Kunst der Berührung gewinnbringend sein könnten. Ich hatte hundert Fragen an ihn, alle, die offen sind, seit er mich unterrichtet. Aber meine Emotionen haben mein Gedächtnis getrübt; ich habe mich an keine Frage erinnert.
Ich habe ihm zweitausend Golddinar und einen Empfehlungsbrief mitgegeben, auf rotem Papier und mit meinem Siegel versehen, und ihn ermahnt, weitere Schüler auszubilden. Würde seine Kunst vergessen, würde es mit der Ignoranz der Menschen, die jetzt schon so groß ist und immer weiter um sich greift, für lange Zeit viel schlimmer.

*Am sechsten Tag des Dschamadi II*

Al-Dâya, der trotz der Belagerung gut informiert ist, hat mich wissen lassen, dass die Banû Sarraj einen neuen Kronprätendenten hervorgezaubert haben, den Prinzen Saad, und sich hinter seiner Fahne versammelt haben, mit einer Armee von eintausendfünfhundert Söldnern. Sie besetzen Malaqa. Man weiß nicht, ob sie mit dem Ungläubigen verhandeln oder gegen ihn Krieg führen. Und es ist nicht sicher, ob sie nicht beides tun.

Auch meine übrigen Frauen sind inzwischen fortgegangen, mit dem großen Eunuchen al-Baqar und den Dienerinnen. Sie werden bis ans Meer gehen und nach Fes fahren, wo die anderen bereits angekommen sind.
Der Palast wirkt verwaist; dort sind nur noch meine Leibgarde und meine Diener, die Gefangene und ihre Frauen, eine Hand voll Kurtisanen und Minister und die Garnison, um die Hälfte verringert; es ist die, welche unten versucht hat, die Mauern zu verteidigen.

Ich trage jetzt nur noch Kleider in der scharlachroten Farbe der Banû l-Ahmar, der Sultane von Gharnata.

*Am achten Tag des Dschamadi II*

Gestern Morgen hat der Feind begonnen, drei der Stadttore zu stürmen. Alle Kampfmaschinen wurden zum Einsatz gebracht, außerdem die Artillerie. Die Kämpfe haben den ganzen Tag gedauert. Schreie drangen zu uns herauf und dazu das Krachen der Wurfgeschosse, das bis in die Hügel hinaufdröhnte. Der Himmel war geschwängert vom Geruch nach Rauch, von dem Geschmack von Eisen und hat sich erst, als es Abend wurde und die Kämpfe aufhörten, wieder reingewaschen. Da breitete sich wieder Frieden im Land aus.

Die Luft war schwer, als hätten die Kämpfe sie erhitzt. Ich habe mir gewünscht, mit all meinen Leuten draußen zu speisen, nahe dem Becken, das sich bis zum Portikuspalast erstreckt. Ich brauchte Ablenkung. Ich wollte Wein und Speisen; Abdûn sollte sich um die Vergnügungen kümmern.

Es wurden Teppiche ausgebreitet, Lampen und Kerzen angezündet, Kissen und Kupfertabletts verteilt. Die Köche waren mit den Vorbereitungen beschäftigt. Bald kamen Musiker aus der Stadt; mit ihnen kamen die Kurtisanen, die sich meinen tanzenden Sklavinnen anschlossen, und zwei Lustknaben in Frauengewändern. Es waren zwanzig Gäste da: Höflinge und Berater, der Kämmerer und der Kaid, Raddân, al-Dâya, Abdûn und seine Freunde …

Sie tranken im Beisein der Frauen.

Eine mondlose Nacht stieg herab, schwer und satt, darin beißende Rückstände von Pulver.

Als die Musik verstummte, war die Nacht so still, dass mir war, als seien wir die einzigen Überlebenden in der ganzen Gegend. Die Stimmen wurden leiser, als fürchteten sie sich vor Gotteslästerung.

Unsere Gemüter waren angespannt wie Bogen. Die kräftigen Gewürze und der Wein trübten sie, konnten sie aber nicht beruhigen. Das Vergnügen musste noch gesteigert

werden. Die Tänzerinnen begannen, mit ihren nackten Füßen das Gras zu zertreten.
Die Musik erklang zum Rhythmus der Kastagnetten aus Metall und schien sich in Wellenbewegungen um die wogenden Hüften der Tänzerinnen zu legen. Mit den immer selben Klängen versuchten sie, die Zuhörer zu betören und die Augen zu Gefangenen der tanzenden Körper zu machen. Männer schlossen sich den Tänzerinnen an und wurden sogleich vom Wirbel erfasst. Tänzerinnen kamen und forderten die anderen zum Tanzen auf. Sie waren feurig und nervös: Schweiß glänzte auf ihrem Bauch und Hals; wenn sie sich drehten, roch es nach Pfeffer, Moschus und gelbem Amber. Der Tanz hatte ihre Körper mit einem Mal in wilde Erregung versetzt. Das Feuer ihrer Blicke war voll Lust und Verführung.
Eine wurde von einem Mann festgehalten. Anstatt sich zu verteidigen, bemächtigte sie sich seiner, umschlang ihn mit Armen und Beinen und vollführte dicht vor ihm schamlose windende Bewegungen, mit offenem Mund und geschlossenen Augen.
Andere Gäste versuchten, Tänzerinnen zu ergreifen, doch die rissen sich schreiend los. Um sie anzulocken, hielt man ihnen Kannen mit Wein hin, aus denen sie tranken, ohne sie mit den Händen zu berühren. Die Trunkenheit machte sie wahnsinnig. Eine schwankende Frau stürzte in der

Nähe eines Mannes, der sogleich begann, ihre Pumphose zu durchsuchen. Eine andere vergoss beim Trinken Wein auf ihre Kehle, und der, der ihr zu trinken gegeben hatte, packte sie am Nacken, leckte den Wein, der zwischen ihre Brüste lief, und goss mit der Kanne nach, damit sie noch nasser wurde und er noch mehr auf ihrer Haut trinken konnte.

Zwischen den Frauen und den Lustknaben kam es zu weiteren Wildheiten. Zwei Haschischpfeifen gingen von Hand zu Hand. Auch Körper wurden ausgetauscht. Die Sinne mussten sich endlich Erleichterung verschaffen. In den Kissen entblößten sich Körper und boten sich dar, mit Röcheln, Keuchen und Schreien. Ich blieb nicht abseits; für einen Augenblick hatte ich sogar die Zunge eines Lustknaben in meinem Mund. Manchmal hielt ich allerdings zwischendurch inne, um diese allzu fiebrigen Körper zu betrachten, die davon besessen schienen, sich völlig zu erschöpfen.

Ich vergesse, was geschehen ist. Ich sehe Raddân, den der viele Wein trunken gemacht hat und der in den Kissen schnarcht, Abdûn, der mit geschlossenen Augen tanzt, und al-Dâya, der ein Hinterteil leckt.

Später sah ich auch die Sklavin Hamda, die mit ihren runden Wangen und den hohen Brüsten in der inzwischen herabgestiegenen Dunkelheit für mich tanzte. Um uns

herum schliefen die Gäste. Eine einzelne Flöte spielte ihre Melodie zu ihren Bewegungen. Sie tanzte lange Zeit. Dann, zum Ende hin, kam sie näher, bis sie meine Knie berührte, indem sie die Beine spreizte und ihren Bauch bis zu einem Abstand von zwei Daumen an mein Gesicht schob. Ich freute mich an ihrem weiblichen Geruch, der mit ihrem langsamen Schaukeln zu mir drang. Ich war im Herzen der Welt; ich war auf dem Berg, auf dem man die Stimme Gottes hört.
Sie beugte ihre Beine. Vor meinen Augen glitten ihre Brust, ihre Kehle, ihr Hals, ihre Lippen nach unten. Schließlich sah ich ihre Augen. Ihre Schminke war verlaufen. Die Wangen waren von Tränenspuren durchzogen.

### *Am zehnten Tag des Dschamadi II*

Sie sind in die Stadt eingedrungen.
Ihre Waffen und ihr erbitterter Kampf haben über das Töpfertor gesiegt. Sie haben sich im jüdischen Viertel ausgebreitet. Da man sie dort nicht aufhalten konnte, haben sie sich in kleinen Scharen weiter nach Norden bewegt. Die Armee, die in unsere Eingeweide vordringt, scheint endlos zu sein.
Ihr Strom beginnt uns von innen zu verschlingen. Sie ver-

folgen und töten ohne Gnade. Den ganzen Tag ist der Lärm, den ihr Zerstörungswerk anrichtet, bis zu uns gedrungen, Schreie, Stimmen und das Heulen der Frauen.
Sie haben die Brücken überquert und in der Medina Furcht und Schrecken verbreitet. Die Kavallerie plündert und mordet. Sie sind zu Pferd in die große Moschee geritten und haben die Bücher der Madrasa zu Boden geworfen.
An drei Stellen wurde Feuer gelegt, das schon lange brennt. Ich weiß nicht, was die Feuer verzehren.
Inzwischen bewegen sich Truppen und Kriegsmaschinen auf den Hügel der Sabîka* vor. Sie bereiten sich auf die Belagerung oder vielleicht die Erstürmung des Palastes vor.

### *Am zwölften Tag des Dschamadi II*

Sie sind am Fuß der Mauer. Im Westen, gegenüber dem Wassertor, wurden ihre Maschinen aufgestellt. Die Wurfgeschosse schlagen bereits zu.
Der Kaid ibn Abbad ist der Meinung, dass sie weniger als zwei Tage brauchen werden, um sich einen Weg zu uns zu bahnen. Er ist bereit, sich ihnen mit all seinen Mannen

* Die Alhambra ist auf diesem Hügel erbaut.

entgegenzustellen. Aber er weiß, dass er umsonst sein Leben lassen wird.

Meine Leute fliehen und bedrängen mich, es ihnen gleichzutun. Heute hat sich Abdûn auf den Weg gemacht. Als wir über seinen Abschied sprachen, kamen mir Verse von ibn Hzm in den Sinn: Ich habe sie zitiert:
»Mit ihrem leichten Gang geht sie fort
wie der bewegliche Zweig einer blühenden Narzisse.«
Er fuhr fort:
»Wie eine Taube ging sie vorbei, ein Wunder an Anmut ohne Mühe, und sie rennt in ihr Versteck.«
Ich habe ihm mitgeteilt, dass mein Gepäck fast fertig ist. Ich sage dies allen, die gehen und sich Sorgen um mein Schicksal machen. Sicher denken sie, dass ich darauf achte, nichts zurückzulassen …
Gott des Erbarmens. Wie sollte ich die Mauern und die Gärten mitnehmen? Wie sollte ich die üppige Pracht dieser Welt vor den Grobianen bewahren, die nicht in der Lage sind, sie zu genießen, und von ihnen nur ein abgezehrtes, in der Sonne gebleichtes Gerippe übrig lassen werden?

## KAPITEL 17

*Am dreizehnten Tag des Dschamadi II*

In dem Gemach, dessen Fenster nach Osten gehen, stand die Gefangene auf dem jadegrünen Teppich. Ihre Frauen hatten sie gänzlich entkleidet und sich zurückgezogen. Sie stand da ohne Scham, eine Hand auf ihrem Unterleib, die andere auf einer Brust. Ihr Körper und ihre Haut waren kunstvoll geformt, und das wilde Gestrüpp ihrer Haare erweckte den Eindruck auf mich, sie stamme aus den ersten Tagen der Welt. Sie trug Silberringe, einen am rechten Handgelenk, den anderen am linken Fußgelenk, und zeigte mir damit, ohne es zu wissen, in welcher Lage sie als Gefangene war: unfähig zu handeln, unfähig zu fliehen.

Der Nachmittag begann. Man hörte das heftige Zirpen der Grillen und die hartnäckigen Böller der christlichen Artillerie. Ich saß in den Kissen, trank Mandelmilch und betrachtete die Frau, die bereit war, sich mir hinzugeben. Eigentlich hatte ich nicht verlangt, dass sie sich auszog. Sie hatte sich dazu entschlossen. Es war mir nicht wichtig zu wissen, warum. Hatte ich mir nicht immer gewünscht, dass sie sich ganz entblößte?

Und doch dachte ich daran. Ich spürte, dass diese Entscheidung nicht auf einer Laune beruhte, sondern auf reiflicher Überlegung. Und ich fragte mich, ob sie das Ergebnis einer Berechnung war (welcher? Mir zuvorzukommen? Mich zu entwaffnen?) oder ob sich darin die Lust zeigte, die ich in ihr weckte. Aber vielleicht hatte sie ja schon seit jeher nach der Lust der Unterwerfung verlangt.

Wieder einmal bemerkte ich, dass ich es nicht verstand, ihr ins Herz zu schauen – trotz dieses scheinbar sprechenden Beweises –, und ich auch nichts über ihr Verlangen wusste. Sie war nackt und verloren zwischen Lüge und Wahrheit. Weder sie noch ich konnten uns daraus befreien, selbst wenn wir uns dem trügerischen Geständnis der Liebe hingaben …

Auf einmal hatte ich nichts mehr als Verachtung für diese Geheimnisse auf dem Grund der Seele. Bei Gott! Wusste ich nicht, dass die Rinde kostbarer ist als der Kern? Dass es keinen besseren Weg gibt, die Dinge kennen zu lernen, als ihre Berührung zu genießen? Zum Teufel mit den Gefühlen! Es war besser, sich mit diesem schönen, sich darbietenden Körper zu beschäftigen.

Ich war aufgestanden und näherte mich ihr. Die Gefangene hielt mir ihr Gesicht entgegen. Es schien zu fragen, wie ich

sie wohl nehmen würde. Ihre Augen waren unruhig und strahlend zugleich.
Ich legte die Finger an ihren Hals und begann, sie zu berühren.

Werde ich je müde werden, die üppige Pracht der Haut einer Frau zu rühmen? Werde ich je aufhören, darüber zu staunen, dass der Ewige den Menschen diesen auf der Welt einzigartigen Schmuck geschenkt hat? Tausend Dank sei dem Herrn dafür, dass Er mir seinen Wert preisgegeben hat und mir gestattet hat, ihn zu genießen. Tausend Dank sei Ihm dafür, dass ich mit meinen Händen Seinen Ruhm ehren darf!
In diesem Moment zitterten meine Hände. War es ein Zeichen von Angst? War es die Wirkung dieses Körpers? Oder vielleicht die Erregung, dass ich ein Wesen berührte, das ich kannte und an dem ich hing? Da kam mir der Gedanke an Versagen in den Sinn. Ich dachte, dass die Ausübung dieser feinen und fragilen Kunst solche Störungen nicht ertrug. Außerdem hatte ich Mühe, das Rauschen dieses Körpers wahrzunehmen. Die Haut öffnete sich mir nicht.
Esra fehlte mir. Vielleicht war ich auch wegen seiner Abwesenheit irritiert. Ich hatte noch nie ohne ihn eine Frau berührt. Er war meine Stütze, sein Auge leitete mei-

ne Gesten. Mich überkamen Zweifel, und ich fragte mich schon, ob er seine Kräfte vielleicht mitgenommen hatte, ob er sie mir nur durch Hexerei monatelang ausgeliehen hatte und ob ich sie jemals wirklich besessen hatte. Dieser Gedanke machte meine Irritation noch größer. Ich war wie der getäuschte Held aus dem Märchen, in dem das Gold sich plötzlich in Sand verwandelt.

Hatte der Allmächtige sich entschlossen, mir alles zu nehmen wie Hiob?

Ich dachte daran, aufzugeben. Die Augen der Gefangenen, die vor mir stand, erregten mich ebenso wie ihre Brüste und ihr Bauch. Ich war versucht, sie aus Trotz zu packen und mich ohne weitere Umwege mit ihr zu paaren, auf die grobe und schnelle Art der Brüder, die das Kreuz anbeten. Aber deren Beispiel schockierte mich. Ich sah ihre niedrige Art des Beischlafs vor mir von Kleidern behindert; ich sah bleiche Hintern, ahnungslose Körper, vor Abscheu eiskalt, sah jenes schmutzige und reglose Fleisch, das nie einen Kuss kennen lernen würde …

Ich ging um die Gefangene herum und stellte mich hinter sie, um mich nicht ihren starken Reizen auszusetzen. Das Zittern hörte auf; meine Finger begannen ihr Werk.

Sie gab sich mir hin, ohne zu begreifen, sicher war sie erstaunt, dass ich nicht von allem, was sie mir darbot, sogleich mit den Händen Besitz ergriff. Einen Moment lauschte sie nur; er kam mir vor wie ein Jahrhundert. Dann sammelte sie sich unter meinen Händen, und plötzlich überlief sie ein Schauer.

Beim Angriff auf das Osttor ertönten nun andere Schläge als die der Artillerie, sie waren dumpfer und häufiger. Sie kamen von einem Rammbock. Doch er schien zehn Meilen von uns entfernt.

Die Gefangene gab sich ganz der in ihr aufsteigenden Lust hin. Sie zitterte heftig, und ich sah, wie überrascht sie war, dass ihr Körper, den ich nur sanft berührte, in solches Feuer geriet. Ich hatte mich langsam zu ihren Hüften hinbewegt. Meine Hände, eine vorn, eine hinten, weideten sich an beiden Seiten. Nie hatte ich eine Frau im Stehen berührt. Ich entdeckte Fleisch, das sich anders darbot, auf einem Körper, der anders geformt war. Ich entdeckte vor allem die Freiheit, mich an alle Stellen zu begeben, diese Gestalt in ihren drei Dimensionen zu streicheln, den Umfang zwischen Bauch und Rücken zu ertasten, diese wohl erdachte Form ganz und gar zu spüren, von den Fesseln bis zu den Schultern und dem Hals.

Die Gefangene, wie eingehüllt von all diesem Vergnügen, stand nicht mehr sicher auf den Beinen. Manchmal gaben sie aus Schwäche nach. Sie war voll Feuer und suchte einen Kuss, wenn sich mein Gesicht nah an dem ihren befand, oder ergriff mein Haar, wenn ich auf den Knien hockte. Bald war ihr Atem tief, manchmal waren die Atemzüge kurz und schnell, oder sie unterblieben ganz, als wenn ihr ganzes Sein den Nektar der Lust aufnehmen müsste.

Plötzlich hörten in der Ferne die Schläge des Rammbocks und der Geschosse auf. Dann ertönten Schreie, vermutlich bei einem Angriff oder einem plötzlichen Vorstoß. Das Tor hatte nachgegeben.

Da sagte die Gefangene, die nichts von ihrer Lust verlor, leise:

»Sie werden mich befreien.«

Lag Bedauern in ihren Worten? Nur Gott weiß es. Jedenfalls war sie danach noch offener für die Lust, gieriger, fiebriger, Seufzer drangen aus ihrem Mund. Ihr zu dienen versetzte mich in Rührung ebenso wie meine Kunst. Ich genoss es zugleich als Herr und Diener. In meinen Augen war dies in diesem Augenblick die richtige Antwort auf Unglück und Tod.

Lange reiste ich auf ihrer Haut umher, mit so viel Geschick, dass sie manchmal um Gnade bat. Die Kämpfe draußen waren näher gerückt. Man hörte nun das Klirren der Waffen und das Aufschlagen auf den Schilden.

Als später das Geräusch der Zweikämpfe vom Fuß des Turms zu uns heraufdrang, sagte sie flüsternd:

»Sie werden dich töten.«

Ich weiß nicht, ob sie davor Angst hatte. Man hätte meinen können, dass es ihre Lust vergrößerte, durch die Hände eines vom Tod bedrohten Mannes in solche Verzückung zu geraten.

Ihr Vergnügen nahm noch zu. Lange Zeit sagte sie nichts mehr. Ich sah, wie sie sich im Feuer der Lust wand. Ihr Genuss und der meine trugen mich weit fort von den Menschen.

Wir gingen in den Turm, stiegen die Treppen hinauf.

Sie sagte leise:

»Sie haben gesiegt …«

In meinem Fieber hatte ich nichts anderes mehr im Kopf als das Feuer meines Körpers. Wer war der Sieger? Waren es nicht das Licht, der Atem und die Besitzer des Feuers? Und war das Feuer nicht durch die Kraft des Allmächtigen in uns? Seine Flammen erhoben mich bis zu ihm. Nie hatte ich so inbrünstig und so laut gebetet.

Meine Hände priesen immer noch die göttliche Glut, und meine Stimme sang psalmodierend die Worte, die auf jedem Stein des Palastes stehen:

»Es gibt keinen anderen Sieger als Gott.«

*Schreibung*
*der arabischen Namen:*

al-Zarqiyâl – Asarquiel
ibn Rushd – Averroes
ibn Sinâ – Avicenna

al-Kashtalla – Kastilien

al-Mariya – Alméria
al-Qâhirah – Kairo

Gharnata – Granada
Albîra – Elvira
Isbaniya – Spanien
Isbilîya – Sevilla
Malaqa – Malaga
Mursoya – Murcia
Qurtuba – Cordoba
Yaiyan – Jaén

*Die Monate*
*des arabischen Mondkalenders*

| | |
|---|---|
| Muharram | Radschab |
| Safar | Schaban |
| Rabi I | Ramadan |
| Rabi II | Schawwal |
| Dschamadi I | Zulkade |
| Dschamadi II | Zulhidsche |

*Verführerisch, gefährlich und listenreich – der bisher brillanteste Roman über Florenz in seiner dramatischsten Zeit.*

Sarah Dunant
DAS ZEICHEN DER VENUS
Roman
Aus dem Englischen von
Angelika Beck
512 Seiten
Gebunden in Buchleinen
mit Schutzumschlag
ISBN 3-7857-1550-1

Florenz, 1528. Als die Nonnen von Santa Vitella Schwester Lukrezia für ihre Beerdigung herrichten, machen sie eine verstörende Entdeckung: Eine tätowierte Schlange ringelt sich über den Leib der Toten – der Kopf des Reptils zeigt das Gesicht eines jungen Mannes …
Das geheimnisvolle Manuskript, das im Nachlass der Toten gefunden wird, wirft den Leser mitten in das Florenz der Medici, das nach dem Tod Lorenzo des Prächtigen einem Hexenkessel gleicht. Die Liebe zu einem rätselhaften Maler und ihre verbotene Leidenschaft für die Kunst machen das Leben der jungen Tuchhändlerstochter Alessandra zu einem aufregenden Abenteuer.

editionLübbe

*Schmetterlinge sind eine Metapher für das Leben. Schön flüchtig, zerbrechlich und unbegreiflich.*

John Murray
KURZE
NOTIZEN ZU TROPISCHEN
SCHMETTERLINGEN
Stories
Aus dem Amerikanischen von
Xenia Osthelder
416 Seiten
Gebunden in Buchleinen
mit Schutzumschlag
ISBN 3-7857-1546-3

Mit acht Erzählungen, deren Vollkommenheit uns den Atem verschlägt, betrat ein junger amerikanischer Arzt unvermittelt die literarische Szene New Yorks. John Murrays Geschichten sind leidenschaftlich. Sie erinnern uns daran, was Menschlichkeit ist. Angesiedelt in der Stille des Himalajas, in den Slums von Bombay, an der Küste von Papua Neuguinea oder einfach in einem kleinen Kaff in Maine, erzählen diese Geschichten von der Macht der Kindheit und der Erinnerung. Und von den wenigen wirklich wichtigen Momenten im Leben.

»Eine sensationelle literarische Entdeckung!«
JOYCE CAROL OATES

editionLübbe

*Eiskalter Nervenkitzel aus Island*

Arnaldur Indriðason
MENSCHENSÖHNE
Island-Krimi
Aus dem Isländischen von
Coletta Bürling
352 Seiten
Gebunden in Buchleinen
mit Schutzumschlag
ISBN 3-7857-1556-0

Island, eine friedliche Insel im Nordatlantik? Mitnichten. Ein Lehrer wird in der Innenstadt von Reykjavík brutal ermordet. Zur gleichen Zeit begeht einer seiner ehemaligen Schüler in der psychiatrischen Klinik Selbstmord. Dass ein Zusammenhang zwischen den beiden Fällen besteht, findet als erster der jüngere Bruder des Selbstmörders heraus. Erlendur und seine Kollegen ermitteln und kommen nach und nach einem haarsträubenden Vorfall aus der Vergangenheit auf die Spur: In den sechziger Jahren wurden illegale medizinische Versuche an einer Schulklasse gemacht; von den Schülern leben nur noch zwei.

*Kommissar Erlendur Sveinsson ermittelt in seinem ersten Fall.*

editionLübbe